그대, 마음을 찾아가는 길에
친구가 되어드리고 싶습니다.

_____ 님께

_____ 드림

禪黙 慧慈

그대는
그대가 가야 할 길을
알고 있는가

그대는
그대가 가야 할 길을
알고 있는가

초판 1쇄 | 2013년 1월 17일
　　11쇄 | 2013년 5월 3일

지은이 | 선묵혜자 스님
펴낸이 | 김성희
펴낸곳 | 아침단청

출판등록 | 2011년 3월 28일(제2011-15호)
주소 | 서울시 광진구 중곡동 639-9 동명빌딩 7층
전화번호 | 02-466-1207
팩스번호 | 02-466-1301
전자우편 | thedancheong@gmail.com

ISBN : 978-89-966220-6-2 03810

잘못 만들어진 책은 구입처나 본사에서 교환해 드립니다.

그대는
그대가 가야 할 길을
알고 있는가

선묵혜자 지음

아침단청

마음이 아픈 것이
아닙니다
마음을 잃어버려
아픈 것입니다

산사의 시간은 세속의 시간과는 달리 아주 천천히 흐릅니다. 귀를 열어 놓으면 물소리와 새소리 바람 소리조차도 예사롭게 들리지 않습니다. 그런 시간엔 조용히 필묵을 꺼내어 마음에서 우러나오는 글들을 정리하곤 합니다. 그리 쓰겠다고 의도하지 않았는데, 이 글들은 주로 힘든 인생을 사는 이들에게 건네주는 법문이나 위안의 말들입니다. 나는 그동안 수많은 인연들을 만나왔습니다. 그 속에는 농부, 노동자, 의사, 연예인, 정치인도 있었습니다. 사랑하는 사람을 잃어 슬픔에 잠긴 사람, 사업에 실패한 사람, 가족 문제로 괴로워하는 사람들도 있었습니다. 그들은 한결같이 깊은 슬픔에 잠겨 있었습니다.

그들은 왜 세속에서 위안을 받지 못하고 그토록 방황하는 걸까. 각자 원하는 것을 찾아 그렇게 치열하게 살면서도 왜 그것을 얻지 못할까. 그들이 원한 것이 애초에 잘못된 것은 아니었을까. 이러한 '생각'들이 마침내 '마음' 하나로 동결되었습니다. 그랬습니다. 그들은 자신의 잃어버린 마음을 찾지 못해 끝없는 방황을 하고 있었던 것입니다. 그들은 결코 행복하지 않았습니다. 그들에게 내가 해줄 말은 딱 하나였습니다. "마음을 찾아 행복해지세요!" 그러나 이렇게 간단한 말이 결코 쉽지 않다는 것이 문제입니다. 그래서 나는 더 많은 말을 하기로 작정했습니다.

마음이 아프다고 하지 말라고. 마음이 아픈 것이 아니라 마음을 잃어버려 아픈 것이라고. 행복이란 물질과 권력, 명예에서 나오는 것이 아니라 오직 마음에 달려있다고. 마음 하나 바꾸면 온 우주가 다 바뀌고 눈 앞의 내 삶이 바뀐다고. 지금 손에 움켜쥐고 있는 것이 무엇이냐고. 그것을 잡으려고 할수록 불행해진다고. 놓아버리는 순간 평화와 행복이 찾아온다고. 채우려 하지 않고 오히려 비우는 순간, 마음은 가득 차오른다고. 남을 높이고 나를 낮출수록 내 자신이 더 맑고 향기로워진다고. 그리고 그대들과 나의 만남도 수많은 인연이 얽혀 이루어진 아름다운 일이라고……

산사에 맑은 바람이 불고, 꽃잎이 벙글어지고 나뭇잎의 색깔이 변할 때마다 나의 간절한 마음들은 글이 되었습니다. 외롭고 힘들고 지친 이들에게 전해주고 싶은 글들은 그렇게 하나씩 쌓여갔습니다. 내가 이끌고 있는 마음으로 찾아가는 108산사순례기도회에서 만난 많은 분들의 사연 역시 법문이 되었습니다. 산사에 찾아와 내게 위로를 구하며 넋두리를 하던 거사님들과 보살님들의 이야기도 글이 되었습니다.

그대들에게 해주고 싶은 이야기는 끝이 없고, 그대들에게 진정한 도움을 주고 싶은 마음이 너무나 간절해 책을 내는 데 약간의 망설임이 있었습니다. 부족하지 않을까 하는 저어함도 있었습니다. 그러나 이쯤 해서 그대들에게 나의 이야기를 전해주려고 합니다. 치열한 경쟁과 고통스러운 삶 속에서 마음을 잃어버린 사람들이 조금이라도 편안해지기를 바랍니다. 마음을 잃어버려 불행하다는 사실을 스스로 깨닫게 되기를 바랍니다.

이 책을 읽는 그대들의 가슴 가슴마다 무지개가 뜨기를 진정으로 소망하며……

2013. 1. 1
맑은 겨울날 도선사 선묵당에서 혜자

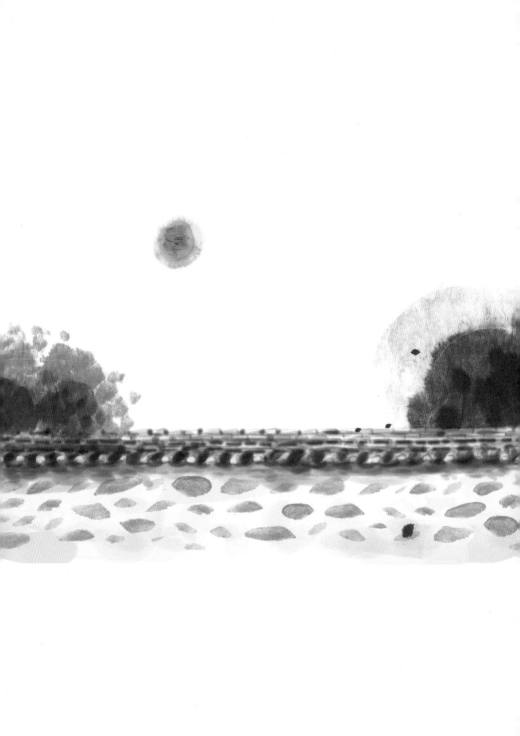

1장

비움

1장 비움

비어 있어야
담을 수 있습니다

하늘에서 비가 내리면

자신이 가진 그릇의 크기만큼
빗물을 담을 수 있습니다.

자신이 양재기면
한 양재기
자신이 항아리면
한 항아리

자비와 사랑도
결국 '나'라는 그릇에
담깁니다.

사랑도 미움도
업(業)입니다

사람들은 많은 업을 짓고 삽니다.
누군가를 사랑하는 것도 업이요
누군가를 미워하는 것도 업이요
헛된 말 하는 것도 업입니다.

사람들은 자신도 모르게
업을 짓기도 합니다.
길을 가다가 작은 벌레를
밟아 죽여도 업입니다.

게다가 오늘 아침 먹은 고기처럼
어쩔 수 없는 업도 있습니다.
알면서 짓는 업

모르면서 짓는 업

어쩔 수 없이 짓는 업

그대는 지금
어떤 업을 짓고
있나요?

욕망의
가지치기를
하십시오

천년을 산 나무들을 보세요.
뿌리와 몸집이 웅장하지만
오히려 가지와 잎들은 간결합니다.
잎과 가지를 버리면서
더욱 크게 자라는 법을
스스로 터득한 것입니다.

나무의 잎과 가지를
인간의 탐욕, 성냄, 어리석음(貪嗔痴)에
비유할 수 있습니다.
내 몸의 나쁜 것을 버려야만 비로소
큰 사람이 된다는 이치입니다.
그대는 얼마나 큰 나무가 되고 싶은가요?

그만큼 가지를 쳐내십시오.
지금 이 자리에서……

마음 속 세간을
줄이세요

우리들 마음은
복잡한 세간으로 가득 차 있는
집과 같습니다.
너무 복잡해서 다닐 수도 없고
편히 앉아 있을 수도 없습니다.

장롱도 없애고
침대도 없애고
소파도 없애고
마음속 세간을 하나씩
줄여 가시길 바랍니다.

그러면 원래 집이 어떻게

생겼는지 모습이 드러납니다.
우리들 마음이 온전하게 드러납니다.

어떤가요
생각보다 마음이 꽤 넓지요?

가진 것이 없으면
떠나기도 쉽습니다

스님들은 멀고 긴 여행에도
오직 바랑 하나뿐입니다.

그 안엔 발우 하나,
옷 한 벌, 물병 하나가
들어 있습니다.

살아가기 위해
꼭 필요한 것뿐입니다.

하지만 스님들은 그것조차
언제든 버리고 떠날
준비가 되어 있습니다.

가진 것이 없으면
근심걱정이 없고
불안이 없고
괴로움이 없습니다.

그러므로 떠나기도 쉽습니다.

아는 것만
행해도
충분합니다

절집의 일주문엔
이런 경구가 적혀 있습니다.

"이 문을 들어오면
알음알이를 버려라."

세상에는 말이 너무 많고
지식은 쓸데없이 넘쳐납니다.
우리가 살아가는 데
꼭 필요한 것은
그다지 많지 않습니다.

꾹꾹 채워넣으려 하지 말고 비우세요.

더 알려고 하지 말고
아는 것을 행하세요.

각자의 마음속에
일주문을 세우시길
바랍니다.

진짜 부자가 되세요

부처님 계실 적에, 그 마을에 큰 부자가 살았습니다.
그는 평생 재산을 지키기 위해 노심초사했는데
그러던 중 병이 들었습니다.

마을의 의원은 그를 진찰한 후 가망이 없다 했습니다.
부자의 병은 단순한 신경증에 불과했지만
자린고비인 부자를 골려주려고 거짓말을 한 것입니다.
의원의 말을 듣고 부자의 병은 더 깊어졌습니다.

어느 날, 한 스님이 탁발을 왔다가
부자에게 말했습니다.

"당신의 재산을 가난한 이웃들에게 나눠주고
부처님이 계신 절에 희사한다면 병이 나을 것이오."

부자는 그때부터 이웃에게 베풀고
불사도 열심히 했습니다.
아프던 곳이 서서히 사라지고
평생 한번도 경험 못 한
행복감을 느끼게 되었습니다.

부자는 이제야
진짜 부자가 된 것입니다.

삶은
하루하루
결산하세요

사람들은 먼 훗날 무언가를
이루기 위해 산다고 합니다.

그런데 사람들이 간절히 원하는
돈과 권력과 명예란 것은
죽을 때까지 이룰 수가 없습니다.
더 많은 돈, 더 큰 권력과 명예를
바라게 되니까요.

중요한 것은 하루하루입니다.
오늘 하루 베푼 만큼
오늘 하루 뿌듯했던 만큼
오늘 하루 행복했던 만큼
이룬 것입니다.

하루하루 이루면
한 생도 이루는 것입니다.

삶은 하루하루
결산하세요.

그대는
그대가 가야 할 길을
알고 있는가

길을 걷다가 문득
왜 내가 이 길을 걷고 있는지
내가 어디를 향해 가고 있는지
잊을 때가 있습니다.

우리는 수많은 문제를 풀며
하루하루를 살아가지만
정작 내가 걸어가는 방향에 대해서는
깊이 생각하지 않습니다.

분명한 것은
한 해의 달력을 넘기듯이
우리는 어디론가 끊임없이
걸어가야 한다는 것입니다.

그 길이 잘못될까봐 걷지 않을 수는
없는 노릇입니다.

다만 걸어가다가
한번쯤 뒤를 돌아본다면
그대 발자국이 보일 것입니다.
그대가 걸어온 행적이 보일 것입니다.

만약, 그 길이 아니거든
다시 돌아가는 용기를 내시기 바랍니다.
만약, 그 길이 맞거든
결코 흔들리지 않도록 힘내시기 바랍니다.

그대, 어느 모퉁이쯤 돌아오고 있나요?
그대를 기다립니다.

무엇이
된다는 것은

종이 그 속을 비운 이유는
멀리까지 소리를 울리기 위함이고
거울이 세상 모습을 평등하게
담을 수 있는 것은
그 겉이 맑기 때문입니다.

강물이 아래로만 흐르는 것은
넓은 바다가 되기 위함이고
바람이 그물에 걸리지 않는 것은
형체가 없기 때문입니다.

그대는 무엇이 되기 위해
살고 있나요?

번뇌의 싹을
잘라 버리세요

효봉스님 이야기입니다.
한번은 제자가 "스님, 부처가 되면 뭐합니까?"라고 물었습니다.
효봉 스님은 그냥 방구들에 누워 천장을 보면서
"그래 맞다. 부처가 되면 뭐 하겠노.
그만 두자. 그만 두고 놀자."라고 하셨습니다.

참으로 엉뚱한 대답입니다.
스님은 곧바로 선을 풀고(放禪)
그의 허점을 찌른 것입니다.
제자는 스님이 진노하여 야단을 칠 줄 알았습니다.
그런데 스님은 그것을 뛰어넘어 부처마저 풀어버렸습니다.
제자는 "스님 제가 잘못했습니다."라고 용서를 빌었습니다.
효봉 스님이 다시 말씀하셨습니다.

"그래 그럼 다시 부처가 되어 볼까?"

어리석은 우리의 마음속엔
하루에도 몇 백 번씩 번뇌의 꽃이
피다가 지고, 지다가 핍니다.
자신의 마음을 잘 지켜보면
번뇌의 싹이 트는 순간을 알 수 있습니다.

번뇌의 꽃은커녕
싹부터 잘라 버리세요.

구세군
자선냄비면
어떻습니까

얼마 전 서울역에서
불우이웃돕기 성금을 모금하였습니다.
모아진 성금은 몽땅 구세군 자선냄비에
넣었습니다.
종교의 이름은 다르지만
베푸는 마음은 하나입니다.

모든 종교는 스스로도 이롭게 하고
타인도 이롭게 하자는
자리이타(自利利他)를 지향합니다.
비록, 많은 돈이 아니더라도
항상 선행을 하겠다는 마음을 내는 것이
중요합니다.

한 사람이 열 사람을 돕기는 힘들지만
열 사람이 한 사람을 돕기는 쉽습니다.
이것이 바로 보시의 힘입니다.

나를 버리는 만큼
사랑할 수 있습니다

부부 간에
친구 사이에
직장 동료 간에
자꾸 갈등이 일어나는
이유가 뭘까요?

내가 최고다,
내 생각이 다 맞다,
내가 제일 소중하다,

이런 것을 아만(我慢)이라 합니다.
아만을 갖고 있으면
갈등이 끊이지 않습니다.

나를 버리는 만큼
남이 들어올 공간이 생깁니다.
비어 있는 그 공간을

우리는 사랑이라 부릅니다.

복을 바란다면
씨를 뿌리세요

복(福)은 구하려 할수록
멀리 달아나는 법입니다.
선행은 하지 않고 무조건 복을 달라고
기도하는 것은 씨앗은 뿌리지 않고
열매를 바라는 꼴입니다.

비록 작은 보시와 선행일지라도
타인을 사랑하는 마음으로 행해야 합니다.

평생 절에 다니며
열심히 공양을 올리지만
오로지 자신의 소원성취만을 위해
기도한다면

이보다 더 어리석은
일은 없습니다.

복을 받겠다는 생각이
사라진 자리,
그 곳에 복이 찾아오니까요.

마음의 병이라면
절을 해보세요

현대인들은
정작 아픈 데도 없는데
늘 몸이 아프다고 합니다.
병원에 가도 아무런 문제가
없는 경우가 많습니다.

사실 마음의 병을 치료하는 방법은
의사가 아니라 자신이
더 잘 알고 있습니다.

마음의 병을 이기려면
매일 108배를 해보세요.
그 절은 부처님에게가 아니라

자신에게 하는 것입니다.
자신이 바로 부처이기 때문이지요.

어느 날, 병이 깨끗하게
사라질 것입니다.
아니, 애초에 병은 없었습니다.

고마운 것이
많은 사람이 되세요

절 가는 길
젊은 보살님도 노 보살님도
눈만 마주치면 인사합니다.

"고맙습니다."
"고맙습니다."
"고맙습니다."

멀쩡한 두 다리로 걸을 수 있고
사철 아름다운 풍경 볼 수 있고
도반들과 사심 없이 어울릴 수 있고
그 무엇보다
지금 부처님의 길을 걷고 있음이

고맙고 고맙고 또 고마운 것입니다.

마음 가득 자비심이 차오르면
나뭇잎 툭 떨어지는 것도
고맙습니다.

마음에 아만이 가득하면
고맙다는 말이 잘 나오지 않습니다.

그대는 어떠한지요?

사랑도
전염이 됩니다

미국 플로리다주의 한 마을에서 있었던 일입니다.
매년 크리스마스 즈음에 구세군 자선냄비에
1908년도에 발행된 20달러짜리 금화를 넣는 사람이
있었다고 합니다.
그런데 이 일이 알려지자 인근 마을에서도
비슷한 일이 일어났습니다.

우리나라에서도 얼마 전 구세군 자선냄비에 무려
1억 1천만 원짜리 수표를 넣은 사람이 있었습니다.
구세군 본부에 남몰래 2억 원을 기부한 사람도
있었습니다.

이것이야말로 아름다운 전염이 아닐까요?

남을 도울 때는 상(相)을 드러내지 않아야 합니다.
불교에서는 이를 무주상보시(無住相布施)라고 합니다.

남에게 베풀 때는 되갚음을 바라지 마세요.
베푼 일을 마음에 담아 두지도 마세요.

그저 베푸세요.

버려도
큰일나지 않습니다

법정스님이 말씀하신 무소유를
잘 못 알고 있는 사람들이 많습니다.
무소유란 아무 것도 갖지 말라는 것이 아니라
불필요한 것을 갖지 말라는 것입니다.

우리는 너무 많은 것을 가지고 있고
너무 많은 것을 취하려 하고 있고
너무 많은 것을 버리지 못하고 있습니다.
집 안은 온갖 잡동사니로 가득하고
머릿속은 온갖 알음알이로 가득합니다.

과감히 버리세요.
버려도 절대 큰일나지 않습니다.

보살의 마음으로 사세요

절에서 여신도들을 '보살'이라 칭하는 것은
항상 보살의 마음으로 수행하고
살아가라는 의미가 담겨 있습니다.

보살은 자비심을 내어야 합니다.
왜 낸다고 했을까요?
자기 안에 그것을 이미 가지고 있기 때문입니다.
마음속에 탐욕, 성냄, 어리석음(貪嗔痴)이
사라지면 저절로 자비심이 드러납니다.

보살의 마음은 타인의 고통을
나의 고통으로 받아들입니다.

보살의 마음은 깨달음을 얻어
사람들을 고통에서 구하고자 합니다.

보살님……
보살님……
자꾸 불러도 좋습니다.

얻고자 하지 않을 때
비로소 얻게 됩니다

"우주와 나, 나와 남이 둘이 아닌
이치를 깨달은 것이 무소득(無所得)의 경지이다.
오직 자비심과 어둠을 밝히는 밝은 지혜로
모든 중생들을 괴로움으로부터
건져 내고야 말겠다는 소망이
불보살의 마음인 것이다."

저의 은사이신 청담스님께서 하신 법문입니다.
무소득이란 '소득을 없애라'는 뜻이 아니라
'얻고자 하는 마음을 없애라'는 뜻입니다.

아무것도 소유하지 않고 살아갈 수는 없습니다.
단지 욕망의 노예가 되어 살지 말라는 뜻입니다.

자비심으로 남에게 베풀며 살라는 뜻입니다.

얻고자 하지 않는 마음,
그것이 자유입니다.
그것이 극락입니다.

내 마음속
부처를
만나보세요

삶이란 내 안의 부처를
만나기 위해 가는 먼 길입니다.
그 길에서 만나는
꽃과 나무 바람도 부처고
사람들도 부처입니다.

내가 부처가 되면
나를 낳아주신 부모님도 부처이고
나의 아이들도 부처이고
나의 도반도 부처입니다.

마음을 비우고
기도하는 마음으로 살면

내 마음속에 깃든
온전한 부처를 만날 수 있습니다.

삶이란
욕심으로 가득한 중생을 버리고
부처인 나를 만나러 가는 길입니다.

비우고 나누면
복이 옵니다

포대화상은
바랑을 메고 다니면서
아이들에게 먹을 것과 선물을 나눠주고
쓰레기를 주워 담았다는 당나라 때의
스님입니다.

불교에서는 행복을 나눠주고
고통과 불행을 담아가는
미륵보살의 화현이라고 합니다.

도선사 앞마당에
이 포대화상 석상이 있습니다.
신도들은 석상의 배를 쓰다듬으며

포대화상을 따라 웃으면
복이 온다고 합니다.

제게 포대화상을 닮았다 해주시니
고마울 따름이지요.
그런데 정말로 닮았나요?

베풀고 돌아서서
잊어버리세요

불가에는 '아공(我空)'이라는 말이 있는데
나라고 할 것이 따로 없다는 뜻입니다.

남에게 도움을 주거나 기부를 할 때는
반드시 아공으로 해야 합니다.
'나'라는 것이 없으니 '너'라는 것도 없고
'도와 주는 이'가 없으니
'도움 받는 이'도 없는 경지입니다.

기쁜 마음으로 베풀고
베풀었다는 사실마저
잊어버리세요.

오직
그대만이
할 수 있습니다

부처님께서는 무상의 지혜를 갖고 계시지만,
부처님조차 해결할 수 없는 3가지가 있다고 합니다.

첫 번째가 '불능면정업중생(不能免定業衆生)'입니다.
자신이 지은 업을 스스로 없애지 못 하는 중생은
부처님조차 제도하기 어렵다는 뜻입니다.
오늘 하루도 우리의 몸과 입, 마음으로 얼마나 많은
업을 쌓았는지 반성해야 합니다.

두 번째가 '불능도무연중생(不能度無緣衆生)'입니다.
인연이 없는 중생은 제도하기 어렵다는 말입니다.
그러니 현세에 맺고 있는 자신의 인연을 소중히 하고
악연을 맺지 않도록 노력해야 합니다.

세 번째가 '불능진중생계(不能盡衆生界)'입니다.
부처님조차 모든 중생을 다 제도할 수는 없다는 뜻입니다.
자신이 만든 숙업은 스스로 매듭을 풀고
주변의 이웃을 제도하는 데 힘써야 합니다.

침묵 속에
깨달음이 있습니다

한 선비가 가르침을 얻고자
고승을 찾아왔습니다.
그런데 그는 자신의 자랑만
주절주절 늘어놓았습니다.
고승은 그의 말을 듣는 둥 마는 둥
찻잔에 차를 따랐습니다.

차는 찻잔에 가득 차다 못해
어느새 넘쳐흐르기 시작했습니다.
선비는 아연실색하며 말했습니다.
"스님, 차가 넘치는데 왜 자꾸 따르십니까?"

"차를 비우듯이 마음을 비워야만 깨달음도 얻을 수 있네.

그냥 차나 비우게."
선비는 그제야 잘못을 깨닫고 무릎을 꿇었습니다.

한 수행승이 중국 조주선사에게
"부처가 무엇이냐"고 묻자
조주선사는 "차나 한잔 들게"라고 답했다고 합니다.
우리는 너무 많은 말을 하고 있지는 않는지요.

소란스러운 하루 중
고요히 차 한 잔 비울 시간을
내보시길 바랍니다.

사랑도
속박이 됩니다

내가 너를 사랑하는 것이
속박이 되고

내가 너를 믿는 것이
속박이 되기도 합니다.

우리는 끊임없이
속박을 하고
속박을 당하며 삽니다.

이러한 속박에서 벗어날 수 있는
길은 하나밖에 없습니다.
마음이라는 상자를 열고

미움을 꺼내고
분노를 꺼내고
집착을 꺼내십시오.

마음이 텅 빌 때까지……

나는 누구의 소유입니까?

구걸을 하던 거지에게
한 푼이 생겼습니다.

한 푼으로 끼니를 때운 거지는
열 푼만 있다면
더 이상 바랄 것이 없다고
생각했습니다.

어느 날 부자의 자비로
열 푼을 얻게 된 거지는
따뜻한 솜옷을 장만했습니다.
그리고 생각했습니다.
백 푼만 있으면
더 이상 바랄 것이 없겠다고.

1장 비움

명예와 권력, 재물이란
가지면 가질수록
더 가지고 싶은 이상한 놈입니다.

내가 그것들을
소유한다고 생각하지만

사실은 그것들이
나를 소유한 것입니다.

마음이
어디 있는지
찾아보세요

오늘날 중생은 병든 몸과 마음을
치유하는 것이 꿈입니다.
병든 몸은 약을 먹으면 낫지만
병든 마음은 약이 듣지 않습니다.

마음을 치유하고 싶다면
마음이 어디 있는지부터
찾아야 되겠지요.

그래, 마음은 어디에 있던가요?

마음이 아픈 것이 아닙니다.
마음을 잃어버려 아픈 것입니다.

생각이
천상과 지옥을 만듭니다

사자와 멧돼지가 숲속의 옹달샘에서 만났습니다.
둘은 물을 차지하려고 그야말로 죽기 살기로 싸웠습니다.
기진맥진한 그들은 잠시 싸움을 멈추었습니다.
그런데 그 주변에는 독수리 떼가 나뭇가지에 앉아
싸움이 그치기를 기다리고 있었습니다.
둘 중 하나는 죽을 것이니, 그 고기를 차지하기 위해
지켜보고 있었던 것입니다.

사자와 멧돼지는 생각을 바꾸었습니다.
샘물은 나누어 먹으면 그만이었습니다.
소유하겠다는 생각이 지옥입니다.
나누겠다는 생각이 천상입니다.

입 안에
도끼가 있습니다

사람들은 입 안에 도끼를 갖고
태어난다고 합니다.

말을 함부로 하는 것은
도끼를 휘두르는 것과 같습니다.
남에게도 자신에게도
상처를 입히고 맙니다.

현명한 사람은 말을 아낍니다.

버릴수록 가까워집니다

우리는 버리는 것에 인색합니다.
오로지 소유하려고만 합니다.

필요한 것들은 이미 다 가졌는데,
창고에 여분을 쌓아두고
더 소유하려고 발버둥칩니다.
많이 가질수록 행복에 가까워질 것이라
생각하기 때문입니다.

그러나 그 생각은 완전히 틀렸습니다.
권력과 재물을 많이 가진 꼭 그만큼,
망상과 잡념을 많이 가진 꼭 그만큼,
행복에서 멀어지게 됩니다.

자유에서 멀어지게 됩니다.
깨달음에서 멀어지게 됩니다.

버릴수록 가까워집니다.

욕망은
바닥이 없습니다

하루는 왕이 신하에게 물었습니다.
"그대의 소원이 무엇인가?"
"많은 재물을 가지는 것입니다."
"내가 그 소원을 들어주겠다.
그런데 한 가지 조건이 있다.
해가 지기 전까지 땅에 금을 긋고 왕실로 돌아오거라.
금을 그은 만큼 재물을 줄 것이다."

신하는 손에 작대기를 들고, 왕실의 마당에서부터
금을 그어나갔습니다.
그는 한 번도 허리를 펴지 않았습니다.
그런데 그는 해가 지기 전까지 돌아오지 못했습니다.
욕심이 과한 탓에 왕실로 돌아올 시간을 계산하지
못했던 것입니다.

신하는 그만 홧병에 걸려 죽고 말았습니다.

하늘에서 돈이 소나기처럼 쏟아져도
사람의 욕망을 채울 수는 없습니다.

욕망이란 밑 빠진 독입니다.

마음의 유실물 센터

아침이 오면
수많은 사람들이
무언가를 얻기 위해
분주히 움직입니다.

그런데 아무도
자신들이 무언가를
잃어버렸다는 것을
모릅니다.

어느 길모퉁이에서
자신의 마음을 잃어버렸는지
전철 어느 칸에다

자신의 마음을 두고 내렸는지
알지 못합니다.

잃어버린 마음들을 모아놓은
유실물 센터가 있다면
수많은 마음들이
주인을 기다리고
있을 테지요.

마음을 잃어버린 사람은
자신의 뜻대로
자신의 방식대로
살 수가 없습니다.

그러니 어서
그대의 마음을
찾아오세요.

한 잎 한 잎
떨구어 버리세요

겨울 나무를 보세요.
자신의 잎을 모두 버리니
이듬해 새 잎이 돋아나지요.

그대도 자신이 만든
아픔과 번민을
한 잎 한 잎 떨구어 버리세요.

어느 날 그 자리에
사랑과 고요함이란
푸른 잎이 돋아나 있을 테지요.

행복을 시작하세요

그대는 왜 스스로
행복하지 않다고 믿는 건가요?
그대는 왜 자꾸
가난하다고 생각하는 건가요?

자신을 끝없이 타인과
비교하기 때문은 아닐까요?
'나의 삶'이 아닌
'타인의 삶'을 원하기 때문은 아닐까요?

돈과 권력을 많이 가진 사람이
나보다 더 행복할 거란 믿음은
잘못된 것입니다.
자신이 하고 싶은 일을 하고

자신의 삶을 사는 사람이
진정 행복한 사람입니다.

그러니 그대 마음속에
꼭꼭 담아 놓은
진정 하고 싶은 일은 무엇인가요?
생각만 해도 빙그레 웃음이 지어지는
그 일을 찾아보세요.

마음이 그 일을 향할 때
비로소 행복이 시작됩니다.

결코 행복을
늦추지 마세요.

2장

놓음

무엇을 그리
꽉 움켜쥐고 있나요?

세상을 살다보면
마음에 안 드는 일
뜻대로 안 되는 일투성입니다.

그래서 가슴앓이를 하기도 하고
절망하기도 합니다.
심지어 마음의 병을 못 이겨
불행으로 치닫기도 합니다.

사실, 세상만사가 원하는 대로 다 된다면
우리가 이 세상에 올 이유가 없습니다.

세상은 학교이고
우리는 여기에 배우러 온 학생입니다.

그것을 깨닫는 것이 수행입니다.

마음이 괴로울 때는
그냥 놓아버리세요.

무엇을 그리 꽉 움켜쥐고 있나요?

마음이 가라앉아야
마음이 보입니다

자신에게 어떤 괴로움이나
아픔이 있다면
남에게 의지하지 말고
스스로 이겨내야 합니다.

치료하는 방법도
이겨내는 방법도
이미 자신이 갖고 있기
때문입니다.

마음이 우울하거나
하는 일이 제대로 되지 않을 때는
고요히 앉아

마음을 가라앉혀 보세요.
서서히 문제의 근원이 보이고
해결책이 보일 것입니다.

흙탕물이 가라앉으면
물이 맑아지는 것처럼……

질문을 피하지 마세요
나는 누구인가요?

한 노인이 공원 의자에 앉아
깊은 생각에 잠겨 있었습니다.
땅거미가 깔리고 공원 문을 닫아야 할 시간,
공원지기가 다가왔습니다.

눈을 감고 있는 노인을 발견한
그는 고함을 질렀습니다.
"당신 누구요?
어디서 왔소?"
노인은 눈을 번쩍 뜨며 이렇게 대답했습니다.
"내 그걸 몰라 이렇게 앉아 있었다네."
독일의 철학자 쇼펜하우어의 이야깁니다.
미루지 말고 지금 이 순간

눈을 감고 명상에 들어가 보세요.

나는 누구인가?
나는 누구인가?
어디에서 왔으며
어디로 가고 있는가?

나는
왜
이 세상에 왔을까요?

달라이라마는
인간의 나고 죽음에 대해
이렇게 말씀하셨습니다.

"인간은 태어남 자체가 고통이다.
어머니의 좁고 어두운 자궁
탁한 물 속에 열 달을 갇혔다가
거대한 압착기 속의 나무 조각인양
기름 기계의 참깨인양
짜내는 고통을 겪으며 세상에 나온다.
그뿐이 아니다.
세월이 가면, 등은 굽고 머리는 희어지고
수많은 병마가 찾아온다.

그것이 생이다."

우리는 삶이 무엇인지
죽음이 무엇인지
심지어 내가 무엇인지도
모른 채 살아갑니다.

그대는 아시나요?

이기심이란 놈의
손을 놓아 버리세요

이기심이란 놈은
참으로 요물입니다.

내가 아니면 안 된다는
헛된 꿈을 꾸게 하고
남을 밟고 일어서겠다는
더러운 생각을 하게 합니다.

그런데 세상 이치가 참 희한한 게
자기를 위한다고 한 행동이
자신을 배반하고

남을 해한다고 한 말이

자신을 해한다는 것입니다.

그런데 뭐 하려고
이기심을 붙잡고 있나요?

그 손을 놓아 버리세요.

종 노릇은
이제
그만 하세요

나의 은사이신 청담스님은
늘 제자들에게
'수처작주(隨處作主)' 하라고
말씀하셨습니다.
'어디서나 주인 노릇을 하라'는 것입니다.

우리는 주인 노릇보다
종 노릇 하는 경우가 많습니다.

누군가 나에게 욕을 했습니다.
욕을 먹으니 심사가 뒤틀리고
열불이 돋습니다.
이상하지요.

욕을 듣기 전엔 내가 주인이었는데
갑자기 나타난 분노 앞에
말 잘 듣는 종처럼 행동합니다.

분노도 괴로움도, 기쁨도 즐거움도
오늘은 있다가 내일은 사라지는 것입니다.
허망한 것들에 매달려 종처럼 살지 마세요

부디 주인이 되세요.

바람 속에
부처님이 있습니다

가을 산가(山家)에는
코스모스, 구절초, 익모초, 단풍취 등
많은 꽃들과 이름 모를 풀들이 즐비합니다.

봄과 여름, 겨울도 다르지 않습니다.
자연은 자신들의 방식대로 형형색색을 드러내며
묵묵히 그 자리에 존재하고 있습니다.

불가에서는 이러한 생명의 신비를
'불성(佛性)'이라는 말로 대신합니다.
지상에 존재하는 모든 것은
불성을 가지고 있습니다.
그러나 도시의 바쁜 생활에서

불성을 경험하기는 어렵습니다.
짬을 내어 자연을 접할 기회를
늘려 보시길 권유합니다.

바람에 나뭇잎이 흔들릴 때
산새 울음 소리에
문득 그대 마음을 스쳐가는 것이
있을 것입니다.

그대가
온 우주를
창조했습니다

한밤중에 물을 마셨는데
다음날 그것이 해골에 담긴 물임을 알고
구역질을 했다는 원효스님의 이야기는
모르는 사람이 없습니다.

그런데 이 이야기의 의미를
잘못 알고 있는 경우가 많습니다.
일체유심조(一切唯心造)란
모든 일이 마음먹기에 달렸다는
단순한 의미가 아닙니다.

마음이 모든 것을 지었단 뜻입니다.

마음에서 온갖 만물이 생겨나고
마음에서 온갖 만물이 소멸합니다.

그대의 마음이
그대의 인연을 창조합니다.
그대의 마음이
그대의 미래를 창조합니다.
그대의 마음이
그대의 행복을 창조합니다.

그대는 창조주입니다.

자신을 속이기가
더 쉽습니다

남은 속여도
자신은 못 속인다고들 합니다.

정말 그럴까요?

나쁜 일임을 알면서도 행하는 것
좋은 일임을 알면서도 행하지 않는 것
이것이 바로 자신을 속이는 일입니다.

그대는 오늘
자신을 몇 번이나
속였나요?

하나를 얻으려면
하나를 놓으세요

'염일방일(拈一放一)'이라는 말이 있습니다.
하나를 얻으려면 반드시 하나를
놓아야 한다는 말입니다.

작은 것 하나도 내려놓지 못하면서
세상을 다 움켜쥐려고 하는 것은
어리석은 마음 때문입니다.

하나를 쥐고
또 하나를 쥐려 한다면
어느 날 그 두 개를 모두
잃게 될 것입니다.

그대의 그림자는
어떤 모양인가요?

성철 스님은
"몸을 바르게 세우면
그림자도 바르게 서고
몸을 구부리면
그림자도 따라 구부러진다."고
하셨습니다.

그대는 어떤 그림자를
가지고 있나요?

그대의 그림자를
본 적은 있나요?

지혜로운 이는
늘 혼자서 갑니다

세상을 살다보면
모든 일에 근심 걱정과
괴로움이 따릅니다.

누군가를 좋아하게 되면
처음엔 그가 나를
좋아해주지 않아 괴롭고
서로 좋아하게 되면
그리워 괴롭고
나중엔 좋아하는 마음이 변할까
괴롭습니다.

그럴 때마다 명상을 하듯

이 구절을 떠올려 보세요.
"소리에 놀라지 않는 사자와 같이
그물에 걸리지 않는 바람과 같이
흙탕물에 더럽히지 않는 연꽃과 같이
무소의 뿔처럼 혼자서 가라."*

욕망과 함께 가면 늘 허기져 괴롭습니다.
애착과 함께 가면 늘 그것을 잃을까
조마조마합니다.

지혜로운 이는
그 무엇과도 함께 가지 않습니다.
무소의 뿔처럼 혼자서 갑니다.

* 불교 경전 『수파니파타』의 한 구절

인생에도 필수과목이
있습니다

요즘 고등학생들을 보면
참 많은 과목들을 공부합니다.
게다가 수능시험을 거의 다 맞아야
좋은 대학에 들어갈 수 있다니
그저 놀랄 뿐입니다.

만약 인생에도 필수과목이 있다면
가장 중요한 것이 진실성일 것입니다.
아이들에게 "공부 잘하라"는 말 대신
"진실한 성품을 갖추라" 말하세요.

물론 그 말은 부모가 먼저
실천한 다음에 하시길 바랍니다.

그대들은
부처를 만날 수 없습니다

여러분은 부처를 본 적이 있습니까?
만일 여러분이 부처를 보았다면
아마 그 부처는 가짜일 것입니다.
여러분은 부처를 만날 수도 없고
볼 수도 없습니다.
왜냐하면 '마음이 곧 부처(卽心是佛)'이기
때문입니다.

대웅전에 계신 부처님보다
내 안의 부처를 만나는 것이
더 중요합니다.

대답해보세요
"뉘가 누고?"

옛날, 통도사의 극락암에는
대선사이신 경봉스님이 계셨습니다.

하루는 그곳에 제자가 찾아왔습니다.
"스님, 제가 왔습니다."
그런데 문을 열며 스님이 하시는 말씀이
"극락암에는 길이 없는데 우째 왔노?"

멈칫하는 제자에게 스님의 말씀이 이어졌습니다.
"그런데 뉘가 누고?"
제자는 얼어붙어 버렸습니다.

스님이 던진 '뉘가 누고'는

가장 근원적인 물음입니다.
그런데 우리는 쉽사리 대답하지 못합니다.

다른 건 다 잘 아는데
내가 누구인지만 모릅니다.

가끔이라도
마음의 때를
벗기십시오

세상을 살다보면 알게 모르게
몸과 마음이 오염됩니다.

마음이 오염되면
몸도 병들게 되고
자신의 존재 가치와
삶의 가치까지
의심하게 됩니다.

산사순례*는
세상을 벗어나
그 동안 찌든 때를 벗기고
자신의 본성을 밝히는

의식이며

수행의 한 과정입니다.

* 선묵 혜자스님이 회주가 되어 2006년 9월부터 9년간의 여정으로 진행되고
  있는 '108산사순례기도회'를 일컬음.

자신의 것은
반드시
자신에게 돌아옵니다

남에게 거짓말 하지 마세요.

남의 것을 욕심내지 마세요.

남을 현혹하지 마세요.

남에게 함부로 욕하지 마세요.

남에게 헛된 말을 하지 마세요.

남의 물건을 훔치지 마세요.

쉽게 화내지 마세요.

삿된 행동을 하지 마세요.

생명을 함부로 해치지 마세요.

간사한 행동을 하지 마세요.

이것이 불가에서 말하는 열 가지의
선한 일(十善)입니다.

진정 자신을 소중하게 여기면
저절로 선한 일을 하게 됩니다.
자신의 말과 행동은
지구 몇 바퀴를 돌아서라도
반드시 자신에게 돌아옵니다.

오늘 내가 한 말이
내일 내가 들을 말입니다.
남의 면전에 욕했다고 생각하겠지만
내 뒤통수에 욕한 것입니다.

나도 나, 남도 나……

자녀의 몫까지
하려 들지 마세요

자녀들이 큰 시험을 앞두면
부모들은 걱정이 태산입니다.

얼마나 급했던지 제게 찾아와
기도 좀 해달라고 합니다.
그럴 때 저는 이렇게 말합니다.

"제가 시험을 보는 것도 아니고
보살님이 시험을 보는 것도 아닌데
왜 그렇게 안달하십니까?"

조바심을 이해 못 하는 바는 아니나
어머니가 할 수 있는 일은

지성껏 기도하는 것뿐입니다.
그 마음이 분명 시험을 치르는 자녀에게
전해질 테니까요.

그 나머지는 자녀의 몫입니다.
부모가 자녀의 몫까지
하려 들어서는 안 됩니다.

고마워하는 마음이
복을 불러들입니다

친구나 지인에게 도움을 받았을 때는
형편이 나아지면 갚아야 합니다.
갚을 형편이 못 된다면
금생에는 꼭 갚아야 합니다.

내게 도움을 준 사람들에게
늘 고맙다는 마음을 갖고 사세요.

고마워하는 그 마음이
나에게도
도와준 사람들에게도
복을 불러들이는
스위치가 됩니다.

참회는
나와 남을
용서하는 일입니다

초등학교 시절 한두 번쯤
반성문을 써본 경험이 있을 겁니다.
그런 억지 반성 말고
자신을 돌아보며 진정한 반성을
해 본 적이 있으신가요?

불교에서는 참회를 통해
자신의 본성을 밝히라고 합니다.
참회는 과거의 정리이자
내일을 준비하는 것입니다.
참회는 나를 용서하는 동시에
남을 용서하는 일입니다.
잠자리에 들기 전,

5분이라도
'참회의 시간'을 가져보세요.

아, 참회할 일이
왜 이리도 많은지요……

아직도 기회는
남아 있습니다

한 사람은 매사에 무기력하고
노력도 하지 않고
자신밖에 모릅니다.

다른 한 사람은 매사에 열심이고
자신의 일에 책임을 다하며
남에게 베풀며 삽니다.

세월이 흘러가면
마침내 두 사람 사이에
건널 수 없는 강이 흐르고
넘을 수 없는 벽이 생깁니다.

2장 놓음

그대는 앞사람인가요,
뒷사람인가요?

아직도 기회는 있습니다.

선행이
곧 수행입니다

불교에서는 선행을 하라고 합니다.
선행을 통해 좋은 인연을 만들고
공덕을 쌓으라는 의미도 있지만
이 보다 더 큰 뜻이 담겨 있습니다.

선행을 통해
남의 괴로움이 나의 괴로움이 되고
남의 기쁨이 나의 기쁨이 되는 것을 체험하게 됩니다.
남이 내가 되고, 내가 남이 됩니다.
나와 남의 경계가 허물어집니다.
그리고 깨닫게 됩니다.

본래 나와 남이 없었음을……

부처와 중생은
종이 한 장 차이입니다

중생과 부처는
본디 둘이 아닌데
그대는 왜 아직 중생일까요?

중생의 몸 안엔
팔만사천 번뇌가 있고

부처님은 팔만사천 번뇌를
다 항복받았기 때문입니다.

번뇌에
끌려다니면 중생
번뇌를
끊어버리면 부처

마음속에
무지개를 띄우세요

한 번쯤, 매일같이 터져 나오는
뉴스와 소식들을 몽땅
마음 밖으로 놓아 버리세요.
그리고 하늘을 바라보세요.

어느 순간 하늘에 떠있는
무지개가 보일 겁니다.

평상시 행하던 철없는 수작이나
마음속 아만과 집착
티끌까지 놓아 버리세요.
어느 순간 마음속에 뜬
무지개가 보일 것입니다.

욕심을 놓으면
놀라운 일이
일어납니다

대기업 중견 간부로서 오직 명예와 부를 위해
정신없이 살아온 남자가 있었습니다.
그런데 어느 날 자신의 몸속에 암세포가
자라고 있음을 알게 되었습니다.

그는 더 늦기 전에
제대로 한번 살아 보겠다며
지리산 오지에 짐을 풀었습니다.
한 십 년을 그럭저럭 살다보니
어느새 몸속의 암세포도 사라졌습니다.

이 이야기엔 사연이 있습니다.
그가 삶에 회의를 느끼고
이 산 저 산 헤매고 다닐 때

지리산에서 한 스님을 만났습니다.
평생 절간의 문턱조차 밟지 않았던 그였지만
"이러나저러나 어차피 한 생"이라는 스님의 말에
지옥불 같던 마음이 잔잔해졌습니다.

그에게 무슨 일이
일어난 걸까요?
욕심을 놓으니
잃었던 건강이 돌아온 것입니다.

시(詩) 안에
절(寺)이 있습니다

어느 날 산사에 시인들이 찾아왔습니다.
"도대체 시(詩)란 무엇인가요?"
저의 갑작스러운 질문에 시인들은
대답을 못 찾아 우물쭈물했습니다.
"시란 말씀 언(言), 절 사(寺)가 합쳐진 것이니
산사에 있는 모든 것들이 다 시입니다."
그 중 한 시인이 말했습니다.
"그렇군요. 스님의 법문이 곧 시군요."
그들은 내 말에 새삼 크게 느꼈는지
환한 미소를 지으며 돌아갔습니다.

그렇습니다.
산사의 물과 바람, 꽃과 단청,

새의 울음소리까지
시 아닌 것이 없습니다.

산사는 시와 같은 스님의 법문이
넘쳐나는 곳입니다.

욕심은
용기로 다스리세요

어느 날 두 형제가 길을 가다가
커다란 금덩이 두 개를 주웠습니다.
나룻터에 도착해 함께 배를 탔는데,
동생이 갑자기 제 몫의 금덩이를 강에 던져 버렸습니다.
깜짝 놀란 형이 동생에게 그 이유를 물었습니다.
"금덩이를 줍기 전에는 형님과 우애가 깊다 생각하였는데,
지금은 내가 다 차지하고 싶은 욕심이 생겼습니다.
이 금덩이가 우리 형제 사이를 갈라놓는다는 생각이 들어
강물에 던져 버렸습니다."

형은 동생의 말에 부끄러워 얼굴을 들지 못했습니다.
형도 나쁜 마음이 일기 시작했던 것입니다.
동생의 말과 행동이 옳다고 생각하여

형도 금덩이를 강물에 던져 버렸습니다.

이는 고려 공민왕 때 편찬 된『동국여지승람』의
'형제투금(兄弟投金)'에 관한 이야기입니다.

그대들은 어떤가요.
금덩이를 강물에 던질 용기가 있나요?

깨달음은
별난 것이 아닙니다

어린 왕자 싯다르타는
어느날 몰래 성문을 빠져 나왔습니다.
동문(同門)에서 이가 빠지고
허리가 굽은 백발의 노인을 보고
인간은 늙지 않을 수 없음을 절감했습니다.
서문(西門)에서 병들어 신음하는
환자를 보고 병고의 쓰라림을 느꼈습니다.
남문(南門)에서는 장례행렬을 만나
살아있는 것은 모두 죽는다는 것을 깨달았습니다.

그리고 북문(北門)에 이르러
출가 수행자를 만났습니다.
그는 세상의 모든 고통에서 벗어난 듯

즐거워 보였습니다.

싯다르타는 그에게 이유를 물었습니다.

"왕자님, 저는 마음을 항복받아 영원히 번뇌를 여의고,
 자비심으로 모든 생명을 사랑하며,
 오로지 수행에만 힘쓰고 있습니다."

그 순간 싯다르타는 깨달았습니다.

"장하다! 이것이야말로 내가 찾던 길이다!"

부처님이 출가하게 된 계기인
『사문유관』에 관한 이야기입니다.

평범한 삶의 모습 속에
위대한 깨달음이 숨어 있습니다.
그대는 오늘 무엇을 보았나요?

이 모두
마음이 하는 짓입니다

어느 날 스님이 장에 갔는데
상추 장수와 아낙이
실랑이를 벌이고 있었습니다.
"상추를 왜 이리 조금 주오?"
상추 장수가 말했습니다.
"이게 왜 적단 말이오?"
아낙이 말했습니다.
"저쪽 상추 장수는 훨씬 많이 주지 않소."
"아주머니가 적다고 생각하니 적어 보이고
 많다고 생각하니 많아 보이는 거라오."
"그런 말이 어디 있소?"
상추장수가 싱글 싱글 웃으며 대답했습니다.
"여기 있소."

스님은 길가에 서서 상추장수와 아낙이
하는 말을 듣고 있었습니다.
"적다 생각하면 적고, 많다 생각하면 많고……"
스님은 상추장수의 터무니없는 장삿속에서
깨달음을 얻었습니다.

적고 많고, 좋고 나쁘고, 행복하고 불행하고,
모든 것이 마음의 짓입니다.

미움으로 미움을
몰아낼 수 없습니다

우리는 마음을 통해 세상을 만듭니다.
나쁜 마음으로 말하고 행동하면
반드시 고통이 따라옵니다.
수레를 끄는 황소 뒤에
바퀴가 따라오듯이.

순수한 마음으로 말하고 행동하면
반드시 행복이 따라옵니다.
그림자가 물체를 따라오듯이.

미움으로 행동하면
미움이 따라오고
사랑으로 행동하면

사랑이 따라옵니다.

미움으로 미움을
몰아낼 수는 없습니다.
오직 사랑만이
미움을 물리칩니다.

괴로움의
뿌리를
살펴보세요

내가 괴로운 것은
내 마음속 집착 때문입니다.

집착은 자신의 내면에 깃든
진실을 보지 못하게 하여
분별력을 잃게 만듭니다.
집착은 끝없는 번민과
망상을 불러일으키고
급기야 자신의 앞길을 망치게 합니다.

부처님은 항상 자신의 마음을
들여다보라고 하셨습니다.
자신의 마음을 바라볼 수 있는

밝은 눈을 얻은 자에게는
집착도 없고
괴로움도 없습니다.

그대가 지금 괴롭다면
무엇에 집착하고 있는지
찬찬히 살펴보세요.

어리석음도
잠시는 달콤합니다

금방 짜낸 우유가 쉽게 상하지 않듯
그릇된 행동의 과보가
금방 나타나지 않을 수 있습니다.
그러나 재에 덮인 불씨처럼
그 안에서 연기를 피웁니다.

어리석은 행동의 결과도
얼마간은 꿀처럼 달콤합니다.

돈을 열심히 버는 동안,
권력을 쫓는 동안,
우리는 잠깐의 달콤함을 맛봅니다.
하지만 그것뿐입니다.

낭비한 인생은 다시 돌아오지 않고
쓰라린 후회와 고통만 남습니다.

문을 걸어 잠그고
자신과 만나세요

불가에서는
'안거(安居)'란 것이 있습니다.
3개월 동안 밖에서
문을 걸어 잠그게 하고
수행을 하는 것입니다.

문을 잠그는 것은
모든 잡념과 잘못된 습관들에 맞서
나 자신과 싸우기 위함입니다.

우리가 어떤 일에 실패하는 것은
자신에게 지기 때문입니다.
기도를 하는 것도,

공부를 하는 것도
자신과의 싸움입니다.

한 번쯤 문을 걸어 잠그고
자신의 본 모습을
직면해 보세요.

내가 진정으로
원하는 것이 무엇인지,
도대체 무엇을 위해
그것을 원하는지
스스로 깨닫게 될 것입니다.

마음을 키우세요

그대가 아프다면
그대를 아프게 한 사람을 찾아보세요.
그대가 혼란스럽다면
그대를 번민에 빠지게 한 사람을 찾아보세요.

그대의 생각과 마음속을 샅샅이 뒤져보세요.
가족과 친구, 직장 동료와 이웃,
또 누군가가 떠오르나요?
그럼 이제 그 사람들이
진짜 그대를 괴롭히는 범인이 맞는지 따져보세요.

누군가 내게 억울한 일을 해도
내 마음이 충분히 넓다면
바다에 던져진 콩알만큼도

상처받지 않을 수 있습니다.

누군가 내게 욕을 해도
내 마음이 충분히 여유롭다면
그물을 통과하는 바람처럼
흘려보낼 수 있습니다.

그러니 그대,
괴로움과 번뇌가 많다면
내 마음이 그만큼 작다는 것입니다.

마음을 키우세요.
할 수만 있다면
이 우주만큼 키우세요.

악연을 끝내는 법

원한이 있다면
순간순간 풀어 버리세요.

하늘의 구름처럼
날아가는 새처럼 가벼워지세요.

원한을 원한으로 갚는다면
악연은 천년만년 이어질 것입니다.

내가 먼저 용서하는 순간
내 오랜 잘못도 용서될 것입니다.

산다는 것은

산다는 것은
홀로 고요히 산길을 걷는 것과
같습니다.

산다는 것은
길을 걸으며 내 마음과 다정하게
이야기를 나누는 것입니다.

산다는 것은
내 마음이 아프고 슬프다고 할 때
스스로를 다독여주는 것입니다.

3장

낮춤

낮추세요,
조금 더 낮추세요

예전에 성철 큰 스님을 친견하려면
삼천 배를 해야 한다는 말이 있었습니다.
한 보살이 성철 스님을 뵙기 위해
밤새 무릎이 닳도록 삼천 배를 하고
기쁜 마음으로 스님에게 달려갔습니다.

그런데 스님은 딱 이 한 말씀뿐이었습니다.
"그래그래 잘했다. 그만 가보거레이."

절은 자신을 낮추는 수행입니다.
삼천 배를 하는 동안 자신을 낮추고 또 낮추게 됩니다.

그거면 충분하지요.

첫 마음을
잊지 마세요

꽃봉오리도 첫 잎을 틔울 때가
가장 아름답고
아침 해도 지상에서 솟을 때
가장 장엄합니다.
모든 일은 이렇듯 첫 마음이
중요합니다.

기도할 때도
다르지 않습니다.

그대의 첫 기도는
어떤 것이었나요?

우리는
10억 통장을 가지고
태어났습니다

"우리들은 빈손으로 태어나지 않았습니다.
오히려 누구나 10억 통장을 가지고 태어났습니다.
다만 그 비밀번호를 모를 뿐.
그 비밀번호는 자기 스스로 찾아야 합니다."

제 은사이신 청담 큰스님의 말씀입니다.

스님은 생전, 불자들에게
'딱'하고 뇌리를 관통하는
법문을 많이 하셨는데
이 이야기도 사뭇 의미심장합니다.

10억을 인출할 수 있는

비밀번호는 밖에 없습니다.

그대들 안에 있답니다.

기도의 힘은
바위보다 강합니다

기도는 힘들고 바쁜 세상에서 가장 위안을 얻는 일입니다.

진심으로 기도를 하게 되면 마음이 평안해집니다.

참회하는 마음이 우러나게 됩니다.

스스로를 낮추게(下心) 됩니다.

그리하여 자신의 성품을 되찾게 됩니다.

그저 남이 장에 가니까 나도 덩달아 장에 가듯이

기도를 해서는 안 됩니다.

간절히 원하는 마음이 동반되어야 합니다.

불교에서는 이것을 원력(願力)이라고 합니다.

마음의 힘은 강합니다.

기도의 힘은 더 강합니다.

우리의 육신은
가죽 포대일 뿐입니다

사람들은 일평생
부귀영화(富貴榮華)만을
찾아 헤맵니다.
눈은 좋은 것만 보려 하고
귀는 좋은 것만 들으려 하고
입은 좋은 것만 먹으려 합니다.
몸은 좋은 것만 걸치려 하고
편안한 자리만 찾습니다.

우리가 평생 애지중지 하며 돌보는
몸에 대해 생각해 본 적이 있나요?

육신은 똥오줌을 담은

가죽 포대에 불과합니다.
우리의 몸을 썰어 팔면
만 원도 못 받을 것입니다.

그런데 우리는 죽을 때까지
그런 몸뚱이가 시키는 대로
쾌락을 쫓으며 살아갑니다.
육신의 노예가 되어 살아갑니다.

콩을 원한다면
콩을 심으세요

부처님의 법문 중
'정업(定業)은 난면(難免)'이라는 것이 있습니다.
어려운 말이 아닙니다.
콩 심은 데 콩 나고
팥 심은 데 팥 난다는 얘기니까요.

자신이 지은 업은
설사 백 천겁이 지나도 없어지지 않습니다.
참된 원인엔
참된 결과를 받을 것이요
그른 원인엔
그른 결과를 받을 것입니다.
콩을 원한다면

콩을 심고
팥을 원한다면
팥을 심으세요.

아무것도 원치 않는다면
아무것도 심지 마세요.

금은
욕망이 되기도 하고
부처가 되기도 합니다

금은 쪼개어져
반지가 되고
목걸이가 되고
시계가 됩니다.
금은 이렇듯 요란한 것들이
되기도 합니다.

한편, 금은 쪼개어져
배고픈 이의 한 끼가 되고
병든 이의 약이 되고
집 없는 이의 쉴 곳이 됩니다.
금은 이렇듯 따뜻한 것들이
되기도 합니다.

금은 그저 금이지만
쓰는 사람에 따라
욕망의 덩어리가 되기도 하고
부처가 되기도 합니다.

마음도
쓸고 닦아야 합니다

더러워진 집은 매일 쓸고 닦습니다.
얼굴은 아침저녁으로 닦습니다.
하지만 아무도 마음은 청소하지 않습니다.
세상을 살다 보면 자신도 모르는 사이
마음에 때가 묻고 먼지가 쌓입니다.

중국의 허운 화상도 말씀하셨습니다.
"마음의 오염이 없어지면
본래 성품의 참모습을 볼 수 있게 된다."

오늘은 그대 마음을
뽀드득 소리 나게 닦아보세요.

인내할 일이
없어지는 것이
더 좋습니다

어느 날 부처님의 십대 제자 중 한 명인 부루나 존자가 부처님을
찾았습니다.
"저는 부처님의 법을 전하기 위해 수로나국으로 가겠습니다.
 허락해 주십시오."
"부루나여, 서방 수로나국 사람들은 성정이 사납고 거칠다.
 만약 그 사람들이 너에게 욕하면 어쩌겠느냐?"
"저를 헐뜯고 욕하더라도 저는 고맙게 여길 것입니다.
 저 사람들은 선하여 내게 돌을 던지거나 몽둥이로 때리지는
 않는다고 생각할 것입니다."
"만약 그들이 너에게 몽둥이질을 하면 어떻게 하겠느냐?"
"그들이 비록 돌을 던지고 몽둥이질을 하지만 그래도 선한 데가
 있어 칼로 찌르지는 않는다 생각할 것입니다."
"만약 칼로 찌른다면 어떻게 하겠느냐?"

"비록 칼로 찌르기는 하지만 그래도 선한 데가 있어 나를 죽이지는 않으니 고맙다고 생각할 것입니다."

"만약 그들이 너를 죽인다면 어떻게 하겠느냐?"

"육신을 가벼이 여겨 스스로 목숨을 끊는 사람들도 있는데, 이들은 나의 수고를 덜어 주기 위해 나를 죽여준다 생각할 것입니다."

"착하도다, 부루나여. 너는 인욕(忍欲)*을 성취하였으니
수로나국으로 가서 제도 받지 못한 자를 제도하고,
근심 걱정 하는 자들을 평안케 하라."

참고 인내하는 것은 어렵습니다.
참고 인내할 일이 없어지도록
마음의 경계를 넓히세요.

* 화나거나 탐내는 마음이 일어날 때 이를 억누르는 인내심을 일컫는 것으로
  육바라밀중 인욕바라밀에서 유래함.

모조리 다
내 탓입니다

불교에서
복 중의 복은 '인연 복'이라고 합니다.
태어나는 것도 죽는 것도
다 인연에 따른 것입니다.
삶은 알고 보면 '인연 놀음'입니다.

가끔 좋은 인연이라도 인연을 맺는 것 자체가
수행에 방해가 되지 않느냐고 하십니다.

설사 인연 맺기가 싫어
토굴을 파고 산다 해도
토굴에는 벌레라도 있을 것이니
뭔가 인연이 있을 것입니다.

좋은 인연이나 나쁜 인연이나
다 내가 지은 것입니다.

그러니 지금의 내 모습은
모조리 다 내 탓입니다.

어느 보살님의 편지

우리나라 가장 좋은 곳에 위치한 108산사에
'순례'라는 인연의 길을 맺어 주신 스님,
많은 중생들이 공덕을 짓도록 인도해 주신 스님,
마치 친정 엄마가 소중한 물건을 딸에게 나누어주듯
염주를 나누어 주시던 스님,
108산사순례를 마치고
마치 시집간 딸을 배웅하듯 손을 흔들어주시던 스님,
스님께서 '부모은중경'을 소리내어 염불하실 때는
모든 보살들이 눈물을 흘렸습니다.

'어머니'라는 이름이 가슴에 닿기만 해도
저절로 눈물이 흐릅니다.
그날 스님의 법문은 참으로 가슴에 와 닿았습니다.

부처님은 지금
지옥에 계십니다

부처님께서 열반에 드실 무렵, 한 제자가 물었습니다.
"이 세상에 누가 마땅히 지옥에 떨어지겠습니까?"
"부처가 마땅히 떨어질 것이니라."
"어찌하여 그렇습니까?"
"지옥 중생을 내가 제도하지 않으면 누가 하겠느냐.
그러므로 나는 지옥에 떨어질 것이고,
지옥에서 살 것이고, 항상 지옥을 즐거워 할 것이다."

조주선사가 병들어 누웠을 때, 한 제자가 물었습니다.
"스님, 돌아가시면 어디로 가시겠습니까?"
"나는 지옥이 아니면 갈 곳이 없다.
극락세계에는 나를 기다리는 자가 없지만
지옥에는 나를 기다리는 자가 많도다."

배려하고
베푸는 사람이
성공합니다

요즘 사람들은 너무 똑똑합니다.
어찌 그리 아는 게 많은지 모릅니다.
그런데 지식과 정보를 많이 가진 사람이
잘 살고 성공하는 것은 아닙니다.

똑똑하기는 하나 인간적인 면모나
사람의 기본 덕목을 못 갖춘 사람들을
흔히 차갑다고 표현합니다.

성공하는 사람들은 반드시 '덕상(德相)'을
가지고 있습니다.

덕은 곧 '인성(人性)'을 뜻합니다.

남을 배려하고 이해하는 사람은
남으로부터도 많은 도움을 받습니다.

이것이 성공의 비결입니다.

연꽃은 불평하지 않습니다

우리 사는 세상이
혼탁하다고 욕하지 마십시오.
청정하게 살기 어렵다고
불평하지 마십시오.
혼탁한 것은 세상이 아니라
내 몸뚱아리, 내 마음일지 모릅니다.

내 눈이 청정하면
세상도 청정하고
내 마음이 고요하면
세상도 고요합니다.

진흙 밭에서
청정하고 장엄하게 꽃 피우는

연꽃을 보세요.

연꽃이 불평하는 소리를
들어보셨나요?

참아야
이해할 수 있습니다

성냄은 마음의 불꽃이라
그동안 쌓은 복을 다 태워버립니다.

성내는 마음이 일어날 때
쉼 호흡을 하고
조금만 참아보세요.
신기하게도 참다 보면
'그럴 수도 있겠구나'란
생각이 듭니다.

남을 이해해서 참는 것이 아닙니다.
참다 보니 이해하게 된 것이지요.

175

마음속에
전각을 짓고
탑을 세우세요

얼마 전, 봉선사 순례를 가서
월운 스님 감로법문을 들었습니다.

"전각을 짓고 탑을 세우는 것만이
불사가 아니라
방방곡곡에 있는 사찰을 돌며
기도를 올리고
공양을 실천하는 것도
바른 불사입니다.
비가 오나 눈이 오나,
더우나 추우나
이 많은 수행자들이 한마음으로
기도하는 모습은 큰 감동이었습니다.

나도 108산사순례를 따라 다니고 싶으나
늙었다고 끼워주지 않을 것 같습니다.
허허"

108산사순례에 참여한
스님이나 회원들 모두가
이 말씀을 듣고
더 감동받았습니다.

내게
쉬운 일을
경계하세요

악한 일은 자신을 위태롭게 하지만
그 일은 저지르기가 쉽고
선한 일은 자신을 평안하게 하지만
그 일은 행하기가 어렵다고 했습니다.

악한 일을 하지 않기 위해서는
늘 깨어있어야 합니다.
시시각각 자신을 돌아보고
매일매일 참회해야 합니다.

선한 일을 하기 위해서는
늘 부지런해야 합니다.
끊임없이 스스로를 갈고 닦아

깨달음의 길에 다가가야 하고
타인을 아끼고 도와주어야 합니다.

내게 쉬운 일이라면
일단 경계하세요.
내게 어려운 일이라면
지금 당장 하세요.

핑계대고 미루면
되는 일이 없습니다

한 달에 한 번 순례하는 것이
쉬운 일이 아닙니다.

미리 일을 처리해 그날만은
비워두어야 합니다.
그래도 급한 일이 생기거나
몸이 아플 수 있습니다.
9년간의 대장정을 회향하는 일은
정말 어렵습니다.

그런데 세상사 모든 일이 다 그렇습니다.
하루 이틀 미루다 보면
이 핑계 저 핑계 대다 보면

되는 일이 없습니다.

그대에게 가장 소중한 일은
무엇인가요?
혹시 핑계 대면서
미루고 있지는 않나요?

순례가 세상살이요,
세상살이가 순례입니다

108산사순례 법회가 있는 날
우리 회원들은 어김없이
지역 농협과 농민들이 함께 마련한
직거래장터에 갑니다.

싱싱한 산나물과 붉은 능금이
바구니에 담겨 있습니다.
포도, 고추, 장아찌, 갓돌, 김,
버섯, 쌀, 감, 복숭아……
이곳에는 없는 것이 없습니다.
도심에서 맛볼 수 없는
그 지역의 신토불이 농산물이
순례객들의 마음을 끕니다.

천리를 달려온 회원들은
특산물을 살 수 있어 고맙고
농민들은 팔아주어 고맙고……

순례가 세상살이와
동떨어진 것이 아닙니다.
오히려 더 진실되게 사는 방법입니다.

아무것도 바라지 않을 때
공덕이 쌓입니다

양무제는 수많은 전쟁을 일으켰고
많은 사람들을 죽였습니다.
그는 그 죄를 갚기 위해 사찰을 짓고
많은 보시를 하였습니다.
어느 날 양무제는 달마대사를 초대한 자리에서
이렇게 물어보았습니다.
"달마대사여, 내가 사찰을 짓고 보시를 했으니
이 공덕은 얼마나 크겠는가?"
달마대사는 말했습니다.
"공덕이 없습니다."
양무제는 거듭 세 번을 물었지만
대답은 똑같았습니다.
이에 화가 난 양무제는

결국 달마대사를 죽이고 말았습니다.

우리는 알게 모르게
칭찬과 명예를 위해
베푸는 경우가 많습니다.

아무것도 바라지 않고
베푸는 사람의 공덕이
가장 큽니다.

염주 한 알
꿰는 마음으로
수행하세요

"스님, 경주 불국사는 수학여행 때 와 보고 처음이에요.
이 날을 무척 기다렸는데 그만 늦잠을 자고 말았지 뭐예요.
아침에 고등학생 아들 녀석이 먼저 일어나
"엄마, 108산사 안 가?" 하고 흔들어 깨우는데
아뿔싸! 시간을 보니 이미 늦었어요.
그래도 뒤늦게나마 깨워준 아들 녀석이 고마웠어요.
헐레벌떡 서울역으로 달려가 KTX를 타고 경주에 왔지요.
그래서 무사히 염주 한 알을 더 꿰게 되었답니다."

저는 뿌듯해 하는 보살님의 말씀을 듣고 물었습니다.
"그래 보살님은 염주 한 알 더 꿰기 위해 왔나요?"
"기도도 하고,

포대화상 같은 우리 스님 얼굴도 보고,
염주도 받고 얼마나 좋아요."라고
보살님이 되받아쳤습니다.

한바탕 웃음꽃이 피었습니다.

선행은
천 사람의 마음을
위로합니다

하늘에 떠 있는 하나의 달
만상을 비추고
천 개의 강에 모두 드리웁니다.

내가 솔선수범하는 착한 일
천 사람의 마음을 위로하고
온 세상을 넉넉하게 감쌉니다.

부자가 되려면
부부가 화합하세요

한 가정을 잘 이끌려면
부부가 항상 화합해야 합니다.

가계 예산을 짜고
투자를 계획하고
얼마를 쓰고 얼마를 모을 것인지
서로 마음을 맞추어야 합니다.
이런 부부는 나중에 부자가 될
확률이 높다고 합니다.

저는 그대들이 부자가 되는 것을
원치는 않지만
그것이 그대들을 행복하게 해준다면

부자가 되는 것을 기꺼이 축원합니다.

부처님께서도
부자가 되는 방법에 대해
설하신 적이 있습니다.
중요한 것은
남에게 해를 입히지 않고
자신들만의 힘으로 잘사는 것입니다.

부자가 되는 길에
가장 중요한 조건이
바로 부부의 화합입니다.

진실로
간절하게
기도하십시오

외제 차를 타고
고급 양복을 입었다고
부자가 된 것이 아닙니다.
부자 흉내를 내는 것에
불과합니다.

속 빈 강정이 되어서는
안 된다는 말입니다.

마찬가지로 스님이나 남에게
잘 보이기 위해
겉으로만 열심히 기도하거나
하는 척을 해서도 안 됩니다.

진실로 간절하게 서원을 세워
온 몸과 온 마음으로
기도해야 합니다.

그래야 내 복(福)의 밭이
넓어지게 됩니다.
이것이 진정한 기도입니다.

생은
끝없는
순례길입니다

하루는 산사순례길을 가다가
노 보살님 두 분이 나누는 말씀을
우연히 엿듣게 되었습니다.

"순례길도 벌써 6년이 지나고, 겨우 3년 남았네."
"순례길이 끝나면 무슨 낙으로 사나."
"그러게 말이야."
"스님께서 또 순례를 시작하시겠지."
"내가 그때까지 살아 있으려나 몰라."

저는 이 대화가
예사롭게 들리지 않았습니다.
보살님들께 이 자리를 빌어

드릴 말씀이 있습니다.

"보살님, 인생 자체가 어차피 순례길이예요.
그러니 항상 기도하는 마음으로 사세요."

생각이 먼저,
말은 다음

'아무리 훌륭하고 아름다운 말도
실천하지 않으면 아무런 보람이 없다.'
이는 『법구경』에 나오는 말입니다.

우리는 가끔 말은 청산유수처럼 하나
실천을 하지 않는 사람을 봅니다.
그들은 무슨 일이든 깊이 생각하지 않고
말을 함부로 하고 남의 공을 깎아내립니다.
이런 사람들은 신뢰하기가 어렵습니다.

이와 반대로
항상 깊이 생각한 후에 말을 하며
되는 것과 되지 않는 것을

분명히 구분하는 사람이 있습니다.
이런 사람은 말을 많이 하지 않아도
든든하고 믿음이 갑니다.
이를 두고 불가(佛家)에서는
'공부하는 사람'이라고 합니다.

그대는 속 빈 떠벌이가 되고자 합니까?
공부하는 사람이 되고자 합니까?

나날이
깊어지세요

계곡을 가다 보면
깊은 물은 조용히 흐르지만
얕은 물은 시끄럽게 흘러갑니다.

깊은 물일수록
조용히 흐르고
더 멀리 흘러갑니다.

그대들도 영원히 흘러
모두들 먼 바다로 가시길
기원합니다.

나날이 깊어지세요.

기적을 보여 달라고?

한 스님이 미국의 어느 대학에서
선(禪)에 관한 법문을 하고 있었습니다.
청중들 속에서 누군가가 불쑥 튀어나와
이렇게 말했습니다.
"스님께서 제게 기적을 보여주신다면
저는 지금부터 불교를 믿겠습니다."
스님은 주장자로 법상을 탁 치며 말씀하셨습니다.
"기적을 보여 달라고?"
그리고 그에게 질문했습니다.
"그대는 여기 오기 전 무엇을 했는가?"
"가족들과 아침을 먹고,
스님의 법문을 듣기 위해 이곳에 왔습니다."
스님은 다시 주장자로 법상을 치며 말했습니다.

"그것이 기적이니라.
 아무 탈 없이 가족과 밥을 먹고
 아무 탈 없이 두 발로 여기에 와서
 아무 탈 없이 법문을 듣는 것이
 모두 기적이니라."
그는 조용히 그 자리에서 삼배를 하고
물러났습니다.

이 이야기는 한국의 선불교를 미국에 알린
숭산 큰스님의 일화입니다.

지금 아무 탈 없이
이 책을 읽고 있는 그대도
기적입니다.

금 항아리를
찾지 마세요

한 농부가 병이 나 죽음을 앞두게 되었는데
게으른 자식 때문에 걱정이 태산이었습니다.
그는 고민 끝에 두 아들을 불러 말했습니다.
"내가 너희들을 위해 논에 금 항아리를 묻어 두었다.
 내가 죽거든 논을 뒤져 항아리를 찾거라."
두 아들은 항아리를 찾기 위해
논바닥을 몇 번이나 파헤쳤지만
항아리는 끝내 찾지 못했습니다.
실망한 두 아들은 이왕 파헤쳐 놓은 논이니
씨나 뿌려보자고 했습니다.

그 해 농사는 대풍년이었습니다.
그제야 두 아들은 아버지의 유언이 무엇인지

깨달았습니다.

그 후로 그들은 더 열심히 농사를 지었다고 합니다.

많은 사람들이 금 항아리만 찾아 헤맵니다.

더 소중한 것엔 눈길도 주지 않은 채……

자비심은
위대합니다

옛날 한 노파가 어린 손자를 데리고
고승(高僧)이 머무는 암자를 찾았습니다.
"스님, 이 아이가 기운이 없고 항상 병을 달고 사는데
어찌 해야 할까요."
고승은 아이를 보자 직감했습니다.
'이 아이는 앞으로 삼년 후 어느 한 날에 죽을 운명이다'
고승은 아이를 자신의 제자로 삼았습니다.
그 날이 다가오자 고승은 마지막으로 부모님을 뵙게 하기 위해
아이를 마을로 내려 보냈습니다.
아이는 산을 내려가던 중, 잠시 비를 피하다가
개미집이 물에 잠기는 것을 보았습니다.
아이는 큰 돌과 나뭇잎을 주워 개미집 주위를 높게 쌓았습니다.
며칠 후, 아이는 고승을 다시 찾아왔습니다.

아이를 다시 못 볼 줄 알았던 고승은 크게 놀랐습니다.
"그동안 무슨 특별한 일이 있었느냐?"
"네, 스님. 집으로 가다가 빗물에 죽어가는 개미를
구해준 적이 있었어요."

중국의 고승 황벽선사의 일화는
자비심의 놀라운 힘에 대해
얘기하고 있습니다.

자비심이란 남을 향한 것이기도,
자신을 향한 것이기도 합니다.

나를 쳐라

이 세상은 무상(無常)합니다.
무상하기에 괴롭습니다.
부처님은 일찍이
존재하는 것, 그 자체가
괴로움이라 하셨습니다.

세상의 모든 존재들은
인연으로 인해 생성되고,
화합하고, 소멸합니다.
인연이 모여 태어났다가
그 인연이 흩어져 떠나는 것입니다.

생사의 고통에서 벗어나려면

끊임없이 나를 돌아보고
반성하고 참회해야 합니다.

그것이 곧
나를 치는 것입니다.

화를 참으면
운명이 바뀝니다

이성계는 왕이 되기 전,
길거리의 봉사에게 점을 본 적이 있었습니다.
이성계는 봉사가 펴 놓은 글자 중
물을 문(問)자를 뽑았습니다.
봉사가 말했습니다.
"우문좌문(右問左問)하니 걸인지상이요."
'이리 저리 물어보나 당신은 영락없는 걸인'이라는
뜻이었습니다.
이성계는 화가 나 그 자리에서 봉사를
칼로 베고 싶었으나 마음을 돌렸습니다.
"이것은 나의 덕이 부족한 탓이다.
보리암에 가서 백일 동안 기도를 해야겠다."
이성계는 지성으로 백일기도를 드린 후

다시 점쟁이를 찾아갔습니다.

이번에 뽑은 한자도 물을 문자였습니다.

봉사가 말했습니다.

"우문좌문 군왕지상이요."

'이리 저리 물으나 군왕의 상'이라는 것입니다.

이성계는 그 후 왕이 되었습니다.

화를 참는 것은 어려운 일입니다.

하지만 운명을 바꿀 정도로

위대한 일입니다.

행복의 지름길

지나간 일에는 후회가 따르기 마련입니다.
하지만 지나간 일은 고칠 수 없습니다.
불행의 대부분이 후회에서 비롯됨을 아는 순간
우리는 행복으로 가는 첫 걸음을 내딛게 될 것입니다.

오지 않은 미래에 대한 걱정 또한 마찬가지입니다.
실체가 없는 것에 마음을 쏟고 있는 것보다
지금 이 자리에서 최선을 다하는 것이 행복의 지름길입니다.

위안과 사랑은
주고받는 것

누군가로부터
위안을 받았다는 것은
그 언젠가 내가 누군가에게
위안을 주었다는 것입니다.

누군가로부터
사랑을 받았다는 것은
그 언젠가 내가 누군가에게
사랑을 주었다는 것입니다.

남을 위안하고 사랑하는 것은
자신에게 그렇게 하는 것입니다.

위안과 사랑은
일방통행이 아닙니다.
주고받는 것입니다.

거울에 비친 그대

벽에 걸려 있는 거울만
거울이 아닙니다.
세상에는 참 많은
거울이 있습니다.

산과 들에 핀 꽃과 이슬 방울,
산새와 작은 벌레,
시냇물도 나의 거울입니다.

나의 가족과 동료,
문득 스친 낯선 사람도
나의 거울입니다.

꽃에 비친,
이슬 방울에 비친,
시냇물에 비친,
사랑하는 가족의 눈망울에 비친,
낯선 사람의 얼굴에 비친,
내 모습은 어떤가요?

예쁜가요,
못났나요?

그대가 생각하던
그대가 맞던가요?

마음이 외롭거든

마음이 외롭거든
고개를 들어 하늘을 보세요.

마음이 외롭거든
홀로 숲 길을 걸어 보세요.

마음이 외롭거든
사랑하는 이들을 생각해 보세요.

그래도 외롭거든
조용히 두 손을 모으고
기도를 해보세요.

4장

인연

인연가지를 소중히 하라

나에게는 평생 가슴 속에
소중하게 담아두는
다짐이 하나 있습니다.

'인연을 소중하게 생각하라'입니다.

내가 이 세상에 태어난 것도 인연이요
스님이 되어 부처님의 제자로
살아가는 것도 인연이요.
108산사순례의 회주가 되어
9년간의 긴 여행을 순례하게 된 것도 인연이요.

그 속에서 많은 도반을 만난 것도 인연입니다.

우리가 만나는 풀 한 포기, 바람 한 줄기
그 어느 것 하나 소중하지 않은 인연이 없습니다.

우리는 인연의 연속 속에서 살아가고 있으며
사람은 인연 없이 이 세상을 살아갈 수도 없습니다.
그러므로 자기 앞에 놓인
인연을 매정하게 끊어서는 안 됩니다.
이것이 바로 나의 삶의 철학입니다.

인연을 소중하게 생각하세요.
그것이 행복하게 사는 비결입니다.

복 중의 복은 인연 복이 아닐까요?

그대와 나

그대의 아버지와 어머니가 없었다면,
그대의 할아버지와 할머니가 없었다면,
그대의 증조 할아버지와 증조 할머니가 없었다면,

억겁의 인연이 없었다면
아마 그대는 이 세상에 없을 것입니다.

그대가 없었다면,
내가 없었다면,
우리가 어찌 이 아름다운 동행을
꿈꿀 수 있었겠습니까?

늘 배고팠던
열네 살 소년

1960년대 중반, 나는 초등학교를 막 졸업한 열 네 살의 어린 나이로 불가와 인연을 맺었습니다. 당시 집안 형편이 어려워 중학교 진학은커녕 하루하루 목에 풀칠하기도 힘겨웠습니다.

마침 먼 친척 한 분이 도선사에 스님으로 계셨습니다. 절에 가면 "네 한 입 덜고 한문 공부도 할 수 있지 않겠느냐"란 말에 이끌려 덜컥 산문에 들어선 것입니다.

만약 절에 들어오지 않았더라면 나는 농사꾼이 되었을 것입니다. 초등학교 졸업 무렵에 이미 지게로 소금 한 가마를 질 정도여서, 동네 어르신들이 "큰 일꾼 났다"고 하셨던 기억이 납니다. 게다가 나의 할머니는 교회를, 어머니는 성당을 다니셨습니다. 그 나이 될 때까지 불교에 대해서는 생각해본 적도 없고, 아는 것도 없었습니다.

내 고향은 충주인데 초등학교 때 탄금대로 소풍을 가서야 절

이란 것을 처음 구경했습니다. 울긋불긋한 그림들과 처음 본 나한상들이 무서웠다는 기억밖에 없었습니다. 그런데 어떻게 절에 가자는 친척의 말 한마디에 군소리 없이 따랐는지 그 인연의 신묘함에 감탄하지 않을 수 없습니다.

행자시절은 고달픔의 연속이었습니다. 툭하면 졸음이 왔고 툭하면 배가 고팠습니다. 새벽 세 시에 일어나 부처님이 계신 대웅전을 청소하고, 대중들이 거처하는 요사채와 앞마당을 빗질하고 나면 어느새 환하게 날이 밝아오곤 하였습니다. 산 너머로 동 터오는 장면을 바라보면 몸은 곤하지만, 뭔가 가슴 속을 꽉 채우는 설레임이 느껴졌습니다.

함박눈이 내리는 날이면 산짐승이 밟고 간 길 위를 하염없이 바라보기도 했습니다. 눈에 찍힌 토끼 발자국에 넋을 놓고 있으면, 사형들은 빗질을 하지 않는다고 장난스럽게 싸리나무 비로 엉덩이를 툭툭 때리곤 했습니다.

불쑥불쑥 속가의 어머니가 못 견디게 그리웠습니다. 그런 날엔 도선사로 오르는 언덕배기에서 한없이 산 아래를 내려다 보았습니다. 그런데 신기한 것은 그럼에도 불구하고 속가에 나가고 싶다는 생각은 일어나지 않았다는 것입니다. 여기가 내가 있을 곳이란 생각은 조금도 흔들리지 않았습니다.

봄꽃이 피고 단풍이 지고 함박눈이 내리기를 수 차례, 소년은 키가 자라는 것과 동시에 조금씩 스님이 되어가고 있었습니다.

어느 늦가을
육영수 여사와의 추억

전깃불도 들어오지 않았던 1960년대 중반, 당시 나는 열다섯 살 어린 사미로 은사이신 청담 큰스님이 계셨던 도선사에서 수행하고 있었습니다. 청소며 빨래며 자질구레한 심부름까지 도맡아 했기에 날마다 몸이 고단했습니다.

아마 겨울로 들어서는 늦가을 무렵으로 기억됩니다. 아주머니 한 분이 잡초가 우거지고 제대로 길도 나지 않은 북한산 산길을 홀로 걸어 도선사에 기도하러 오셨습니다. 그분은 저녁 무렵 대중의 눈을 피해 석불전에서 지성껏 108배 기도를 하셨습니다. 당시 도선사는 108 참회도량으로 널리 알려져 누구든지 이 도량에 들어서면 108배를 해야 했습니다.

나는 처음에 그 아주머니가 누구인지 전혀 몰랐습니다. 그분은 당시 요사채의 부엌 옆에 딸린 방에 거처했는데, 나는 방 걸레를 빨아드리곤 했습니다. 한번은 우물가에서 승복과 걸레를 빨고 있었는데 늦가을이라 두 손이 매우 시렸습니다. 그런 내 모습을 눈여겨보았던지 그분은 미소를 지으며 내게 말을 건넸습니다.

"아유, 우리 동자 스님 고생이 많네. 내가 빨아 줄게, 이리 줘요."

나는 얼굴이 홍당무처럼 빨개졌습니다.

"스님들이 아시면 혼나요."

"괜찮습니다. 우리 스님은 나중에 큰스님이 되실 겁니다."

그분은 부끄러워 어쩔 줄 몰라 하는 제게 오히려 덕담을 해주셨습니다. 그분은 당시 내게 관세음보살 같은 자비보살이셨습니다. 청담 큰스님은 그 아주머니께 큰일을 하시라는 뜻으로 '대덕화(大德華)'라는 법명을 내려 주셨습니다. 나는 그분이 기도를 마치고 떠나는 날에서야 육영수 여사라는 것을 비로소 알게 되었습니다.

그리고 세월이 많이 흐른 뒤, 어느 광복절 날 그분이 돌아가셨다는 이야기를 들었습니다. 나는 마치 속가의 어머님이 돌아가신 것처럼 마음이 아팠습니다. 스님이 된 지 45여 년이 지난 지금 가만히 생각해보면 인연의 실타래는 실로 묘하고 아름답다는 생각이 듭니다. 내 마음을 움직였던 그 분의 미소가 인연의 씨앗이 되었던 것입니다. 몇 해 전 부처님 오신 날, 박근혜 한나라당 대표가 도선사에 들렀습니다. 나는 박 대통령 내외의 영정이 모셔진 명부전과

전각들을 안내하였는데, 그 딸의 모습 속에서 육영수 여사님의 자취를 느낄 수 있었습니다. 인연이란 이렇게 이어지고 이어지나 봅니다. 지금도 참회호국도량 도선사를 찾는 많은 분들이 박대통령 내외의 영정이 모셔진 이곳에 들러 "왕생극락"을 빌고 있습니다.

108산사순례
9년의 인연

108산사순례는 9년의 여정으로 방방곡곡 이름난 사찰을 찾아 기도를 올리는 모임입니다. 가는 절마다 순례단에게 직접 절 이름을 새긴 염주알을 나누어줍니다. 108산사순례가 끝나면 108염주가 완성되는 것입니다.

사람들은 매달 동에 번쩍, 서에 번쩍 한다고 '홍길동 기도회'라고 부릅니다. 전라도, 경상도, 충청도, 강원도를 가리지 않고 떠납니다. 산사순례는 매번 5,000여 명 이상의 인원이 몰립니다. 요즘 많이 생겨난 사찰순례의 원조라 할 수 있습니다.

신도들은 한 달에 한 번씩 가족소풍을 간다고 말합니다. 안 그래도 친구들끼리 삼삼오오 명승지 절을 찾아가고 싶은데, 이런 순례가 있어 고맙다고 합니다. 어떤 가족은 자식 부부, 손자들까지 참여합니다. 순례 길에는 자주 무지개가 떠서 부처님의 가피를 보여주십니다. 물론 무지개가 뜨는 것은 자연현상이지만, 그걸 보고 신도들이 신심을 낸다는 것이 중요합니다.

절 옆에는 항상 군부대가 있습니다. 논산훈련소 근처인 관촉사에 갔을 때, 신도 일인당 초코파이 한 상자씩을 준비해 장병들에게 전해주기로 했습니다. 법당 상에 초코파이가 수북하게 쌓였는데, 예불이 끝난 뒤 장병들이 떨어져 있던 초코파이를 서로 주워 먹으려다 상다리가 부러지기도 했습니다. 많은 어머님들이 그 장면을 보고 눈시울을 적셨습니다.

이 땅에 아들딸을 둔 어머니라면 한번쯤 군에 간 아들딸을 가슴에 품지 않은 이가 없을 것입니다. 사찰순례에 가서 한 달에 한 번씩 부처님과 아들딸들에게 초코파이 한 박스를 보시하는 것입니다. 처음엔 한 번 행사로 끝내려 했는데, 어차피 108산사 가는 곳마다 군부대가 있으니 간식거리를 가져다주자는 생각으로 오늘날까지 이어오고 있습니다. 지금까지 전해준 초코파이가 3백만 개가 넘어 초코파이 회사로부터 감사패도 받았습니다.

회원들은 산사순례를 다닐 때마다 '선묵혜자 스님과 마음으로 찾아가는 108산사순례' 책자를 반드시 가지고 다닙니다. 책자를 펼쳐보면, 한 권의 그림책을 연상시킬 정도로 붉은 낙관들이 빼곡하게 찍혀 있습니다. 빈 여백에는 행사의 과정과 지역의 특산물은 물론 가족의 행복과 이웃과 사회, 국가, 세계의 평화를 발원하는 소망의 글, 서원의 글들이 쓰여 있습니다. 심지어 어떤 회원들은 그날의 날씨와 스님의 법문 내용도 함께 기록하고 있습니다. 그러므로 책자 속에는 지난 6년간 힘든 신행 과정의 흔적들이 고스란히 담겨 있습니다. 이 보다 더 좋은 불교 신행 교과서는 없을 것입니다. 물론 회원들과 가족들에게는 무엇과도 바꿀 수 없는 보물이기도 합니다. 이제는 전국 곳곳마다 108산사순례 법등이 마련되어 있으며, 누구나 회원으로 가입할 수 있게 되었습니다. 어린 불자부터 팔순의 노(老) 보살까지 배낭을 짊어지고 환한 미소로 마주하는 그들을 보면 부처가 따로 있는 게 아니라 그들이 부처임을 새삼 느끼게 됩니다.

스승님이신 청담 스님께서는 "산중에서 거리로, 도시에서 농촌으로 가야한다"고 법문을 하셨습니다. 스승님의 뜻을 받들어 내가 산사순례기도회를 결성한 것도 인연이요, 그 여정에서 수많은 도반들을 만난 것도 인연입니다. 모든 인연이 소중하고 감사할 따름입니다.

포대화상 이야기

나는 그 동안 여러 스님을 만나보았습니다. 스스로 도를 깨쳤다는 스님도 있고, 토굴에서 용맹정진했다는 스님도 있었습니다. 일탈을 일삼는 스님도 있었고 경전 공부보다는 절의 지붕이나 보일러를 고치는 것이 그렇게 재미있었다고 털어놓은 스님도 있었습니다. 그 분은 결국 네팔에 가서 대성석가사를 직접 설계하고 스스로 노동을 해서 완성했다고 합니다.

저는 여러 스님들 중에서 당나라 때의 스님인 포대화상을 따르고 싶습니다. 이 분은 포대를 메고 하늘을 지붕 삼고 구름을 이불 삼아 저잣거리를 돌아다녔다고 합니다. 중생의 번뇌 망상은 자루 속에 담고, 가난하고 배고픈 중생들에게는 탁발해서 얻어온 먹을 것과 재물을 나눠주었습니다. 불가의 산타클로스라 할 수 있습니다.

도선사에 오면 이 포대화상을 만날 수 있습니다. 천왕문을 조금 지나면 바로 산기슭에 해맑은 미소를 띠고 있는 포대화상 석상이 있습니다. 어린 아이 같기도 하고, 옆 집 할아버지 같기도 한 모습입니다. 뚱뚱한 몸으로 한 쪽 무릎은 세우고 다른 쪽 무릎은 눕힌 채 앉아있는 포대화상은 반달눈을 뜨고서 입가에 시종일관 미소를 머금고 있습니다. 이 석상을 본 신도들은 그렇게 편안하고 천진난만한 모습이 없다고 입을 모읍니다. 그 웃음은 보는 이의 얼굴에도 저절로 미소가 번지도록 하는 전염성이 있습니다.

사찰 안으로 들어가면 또 하나의 포대화상이 있는데, 여러 동자승들에 둘러싸여 여전히 넉넉한 미소를 띠고 있습니다. 입구에 놓인 포대화상과는 달리 사람들이 쉽게 접할 수 있는 위치에 있어, 사람들의 손길을 많이 타 석상이 온통 반들반들합니다. 특히 불룩하게 나온 배꼽 부분이 유난히 많이 닳아 새까맣게 변했습니다.

석상의 배꼽 부분을 시계방향으로 어루만지며 마음 속 소원을 비는 것이 이 포대화상의 참배법입니다. 누구는 자녀의 대학 입학을 간절히 기도했을 것이고, 누구는 남편의 승진이나 사업이 잘 되기를 빌었을 것입니다. 젊은이들은 사랑하는 사람과 인연이 이어지기를 기원했을 것이고, 등산하다 들른 사람들은 언제까지나 건강하게 산을 탈 수 있기를 소망했을 것입니다. 포대화상의 배꼽에는 수많은 이들의 소원이 서려있는 것입니다. 부모를 따라온 아이들은 이 의식을 매우 즐거워합니다. 포대화상 주변에는 항상 미소와 아이들의 웃음소리가 가득합니다.

신도들이 나에게 포대화상을 닮았다는 이야기를 할 때마다 아무래도 큰 인연이 있지 않나 생각해 봅니다. 제가 가장 따르고 싶은 스님을 닮았다고 하니 그 말씀이 고마울 따름입니다. 중생의 번뇌와 고통은 포대에 담아가고, 힘든 중생들에게 희망과 웃음을 나눠주는 포대화상의 길을 걸어가겠다고 다시 한 번 다짐해 봅니다.

산사에
장이 선 까닭은?

'108산사순례기도회'를 결성하고 순례를 시작한지 1년이 지난 어느 날이었습니다. KBS로부터 생각도 못했던 다큐멘터리 제작 요청이 들어왔습니다. 얘기인즉슨 108산사순례에서 하는 일들이 우리의 농촌에 신선한 바람을 일으키고 있으며, 농산물 수입으로 인해 고통 받는 농민들이 늘어나고 있는 요즘 시청자들에게 꼭 알리고 싶은 내용이라는 것이었습니다.

촬영을 모두 마친 후, 제작진들은 특집방송의 제목에 대해 고민했다고 합니다. 수차례 회의 끝에 결정된 것이 바로 '산사에 장이 선 까닭'이었습니다. 이는 '달마가 서쪽에서 온 까닭'과 상통하는 의미를 담고 있어 나로서는 매우 흡족한 일이었습니다. 달마가 서쪽에서 온 까닭은 모든 불교 수행자들이 참구하는 화두입니다. '산사에 장이 선 까닭'에도 부처님의 깊은 뜻이 깃들어 있기 때문입니다.

사실 '108산사순례'를 시작할 때만 해도 농산물 직거래 장터를 열 생각은 추호도 없었습니다. 그런데 몇몇 회원들 덕에 생각이 바뀌었습니다. 순례 때마다 오천여 명의 대식구가 움직이는 터라 안전을 위해서 인원 점검은 필수였습니다. 무려 108대가 넘는 버스 안의 인원을 일일이 확인하는 일은 여간 힘들지 않았습니다.

그런데 인원 점검을 할 때마다 꼭 몇 사람이 보이지 않았습니다. 이리 뛰고 저리 뛰며 회원들을 찾아 헤매다 보면 제 시간에 버스에 타지 않은 사람들 대부분은 사찰 앞 농민들이 파는 특산물 앞에서 서성이고 있었던 것입니다. 회원들은 그들을 훈계하려는 내 표정을 봤는지 못 봤는지 천연덕스럽게 이렇게 말했습니다.

"스님, 이것 좀 보세요. 고사리, 장아찌, 더덕이 너무 좋네요. 도시에서는 구경하기 힘든 물건들이에요. 이것들을 사가도록 시간을 조금만 더 주세요."

생각해보니 그럴 것 같았습니다. 이른 새벽에 일어나 전국 각지에서 이 먼 곳까지 순례를 왔는데 그냥 빈손으로 돌아가기엔 좀 아깝다는 생각이 들었을 것입니다. 나도 모르게 얼굴에 웃음이 떠올랐던지 회원들은 한술 더 떴습니다.

"스님, 이런 찬거리와 과일들을 사들고 가면 남편과 자식들이 맛나다고 난리예요. 처음에는 순례 간다고 하면 괜히 짜증을 내더니 요즘에는 어서 다녀오라고 한다니까요. 저희들 입장에서야 얼마나 좋은지 몰라요. 기도도 하고 특산물도 사고, 누이 좋고 매부 좋고……"

그렇구나, 스님으로 한 평생 살아온 내가 어떻게 살림하는 보살님들의 생각을 따라 갈 수 있을까 싶었습니다. 그 일이 있은 후 나는 깨달은 바가 있었습니다. '108산사순례기도회'는 단순히 기도만 하는 단체를 넘어 이 사회를 위해 선행(善行)을 하는 단체가 되어야 한다는 것입니다.

나는 즉시 농협중앙회에 전화를 걸어 108산사순례의 취지를 알리고 우리 회원들이 그 지역의 농산물을 살 수 있도록 협조를 구했습니다. 농협중앙회에서도 오래 전부터 '농촌사랑' 운동을 전개하고 있다며 크게 환영해 주었습니다. 그 때부터 108산사를 찾아 인연공덕을 쌓아가는 많은 일 중 '농촌사랑 직거래장터'가 더해졌습니다.

그런데 웃지 못할 문제도 생겼습니다. 직거래 장터에서 파는 물건 중에는 쇠고기, 돼지고기, 고등어, 젓갈 등도 있었는데, 아시다시피 절에서 고기를 사고파는 것은 있을 수 없는 일입니다. 하지만 농민들을 도와주는데 조금이라도 보탬이 되고자 각 사찰은 젓갈, 생선, 그리고 육류마저 절담 안으로 들어오는 것을 허락했습니다.

　수입 농산물이 늘어나면서 농촌의 입지가 점점 좁아지고 농민들의 근심걱정이 늘어나고 있습니다. 그나마 108산사순례회원들이 지역 농민들의 시름을 덜어줄 수 있다면 그 또한 좋은 일이 아니겠습니까.

　애초 우리들의 순례는 불심을 키우기 위해 시작한 것이었습니다. 모처럼 나들이를 온 회원들도 기뻐하고, 농민들도 함박웃음을 짓는 모습을 보면 나는 한없이 즐거워집니다. 그동안 산사순례 직거래 장터에서 판매된 지역 농산물 판매 금액이 20억 원에 이른다고 합니다. 지금도 산사순례를 통해 수많은 인연들이 맺어지고 있습니다. 도시와 농촌, 불심과 농심이 인연을 맺는 아름다운 현장이 되고 있는 것입니다.

산사에 가면
햇살 고운 마당 안에
시끌벅적 장이 섭니다.

특산물을 파는 할머니의 웃음꽃

보살님들의 환한 미소가 있습니다.

산사순례 장터에 가면
일곱 빛깔 무지개가 하늘에 드리우고
진한 정이 사과 한 광주리
감 한 광주리에 담겨 오고갑니다.

그것을 우리는 농촌사랑이라고 합니다.

세상을 바꾸는
행복한 인연

지난 2010년 5월에 있었던 일입니다. 한 다문화 가정 여성의 이
야기가 방송에 나와 많은 사람들을 눈물짓게 했습니다. '108산사
순례기도회'가 소년소녀 가장에게 장학금 지급, 효행상 시상, 다
문화가정과 결연 맺기 등 불가를 넘어선 다양한 활동을 하는 것을
눈여겨 본 한 방송사가 특집 다큐멘터리를 기획한 것입니다.

당시 나는 촬영팀과 함께 한 이주민 여성이 캄보디아의 친정집
을 방문하는 데 동행했습니다. 결혼 5년 만의 나들이라 그녀는 들
떠 있었고 연신 행복한 미소를 지었습니다. 그런데 캄보디아에 도
착한 그 날, 친정 아버지가 세상을 떠났다는 사실을 알게 되었습니
다. 그녀는 망연자실하며 한없이 눈물을 흘렸습니다. 나는 그녀 아
버지의 영혼이 머나먼 한국에 있는 그녀를 부른 것은 아닐까란 생
각이 들었습니다. 나는 그 자리에서 천도의식을 하였습니다. 이 장

면을 티브이로 지켜본 많은 분들이 함께 눈물을 흘렸다고 합니다.

인생에는 선연(善緣)과 악연(惡緣)이 있습니다. 착한 인연은 선업 (善業)으로 인해 얻어지며 마음과 마음이 통해야만 비로소 맺어집니다. 내가 108산사순례기도회를 이끌고 있는 것도 큰 인연 덕일 것입니다.

나는 은사였던 청담 큰스님과 무언(無言)의 약속을 했습니다. 청담 스님이 평소 주창하신 것이 한국불교의 포교였습니다. 내가 도선사의 첫 소임을 맡은 지 얼마 되지 않았을 때입니다. 지금 포대화상이 모셔진 자리에서 환한 미소를 머금고 계신 청담 큰스님을 꿈속에서 뵈었습니다. 그리고 또 얼마 안 있어 청담스님 석상(石像) 뒤편 하늘에 '일심(一心)'이라는 형상의 무지개가 나타났습니다. 나는 이 모든 것이 청담스님과 불보살님이 내게 어떤 뜻을 전해 주는 것이라 생각했습니다.

그래서 시작한 것이 바로 '108산사순례기도회'였습니다. 그 후 도선사에서 동짓날 팥죽을 불자들에게 나누어 주었을 때 또 한 번의 일심광명 무지개를 보았습니다. 이후 6년 동안 수없이 많은 무지개를 보았습니다. 비도 오지 않은 하늘에 무지개가 뜨니 많은 사람들이 감탄을 금치 못했습니다. 우리 회원들은 무지개를 몰고 다닌다고 나를 무지개 스님이라고 부릅니다.

나는 산사순례를 마치면 사찰의 이름이 새겨진 염주를 하나씩 나누어줍니다. 염주 한 알은 부처님과의 행복한 인연 맺기의 결실입니다. 그 속에 담긴 뜻은 헤아릴 수 없이 깊고 오묘합니다. 그 속에는 부처님의 마음과 온 우주의 진리가 들어있으며 지극 정성 불자들의 서원이 깃들어 있습니다.

나는 손에 손을 잡고 순례를 나서는 회원들을 볼 때마다 진정한 불교 수행자의 모습이란 이런 것이란 생각을 합니다. 선한 마음으로 국토를 사랑하고, 농민을 사랑하고, 군 장병을 사랑하고, 이웃들을 사랑하며 자신의 삿된 마음을 한 달에 한번 씻어내고 선업을 쌓는 일이야말로 진정한 불교 신행이 아니고 무엇이겠습니까.

"순례를 다니고부터 남을 원망하는 마음을 버리고 용서할 줄 알게 되었어요. 주변 사람들의 고통을 다시 한 번 돌아보게 되었고요. 한 달에 한 번 순례가 얼마나 기다려지는지 몰라요. 남은 순례도 빠짐없이 다닐 거예요."

이렇듯 불자들의 마음은 한결 같습니다. 이 모든 것이 세상을 바꾸는 행복한 인연입니다.

그대,
이제 좀 가벼워졌나요?

그대들이 공부를 할 때도, 식사를 할 때도, 슬퍼할 때도, 분노할 때도, 심지어 기뻐할 때도 스스로를 뒤돌아보는 것을 잊지 마세요. 욕망과 집착이란 놈은 방심하는 순간, 순식간에 그대들의 어깨 위에 올라앉고 그대들의 마음을 점령합니다. 한번 붙으면 찰거머리처럼 쉽게 떨어지지도 않습니다. 모든 고통과 분노는 욕망과 집착에서 싹을 틔웁니다. 그러니 싹이 나오기 전에 잘라버리는 것이 가장 좋으며, 그 방법은 스스로의 마음을 잘 지켜보는 것뿐입니다.

우리는 알게 모르게 많은 것을 손에 쥐고, 머리에 넣고 삽니다. 다시 생각해보면 그렇게 많은 것이 없이도 우리는 얼마든지 행복해질 수 있음을 알 수 있습니다. 그렇게 많은 지식이 없이도 마음의 평화를 누리며 살 수 있습니다. 한 발짝만 물러나면 보이는 사실들이 세상 속에 함몰되어 사는 사람들 눈에는 보이지 않는 모양입니다. 통장을 들여다보고 돈이 얼마나 쌓였는지 보기 보다는 내 마음 속에 탐욕이 얼마나 쌓였는지 보도록 노력해야 합니다. 내 몸에 때가 얼마나 묻었는지 보기 보다는 내 마음이 얼마나 오염되었는지 살펴봐야 합니다.

내가 가진 것, 꼭 그만큼이 고통의 크기입니다. 거지는 날만 따뜻하고 배만 부르면 행복합니다. 그러나 재벌 회장은 세상에서 일어나는 모든 일에 촉각을 곤두세워야 합니다. 그들은 도대체 얼마를 벌어야 행복할까요? 그 욕심에 끝이 있기는 할까요? 그대들도 마찬가지입니다. 이제까지 모으는 삶을 살아왔습니다. 그런데 행복했나요? 통장에 돈이 쌓일수록 행복도 쌓여가던가요? 이제까지의 길이 아니라면 다른 길을 찾아야 할 것입니다.

움켜쥐는 대신 놓아보십시오. 채우는 대신 비워보십시오. 남보다 나를 낮은 자리에 두어보십시오. 그러면 놀라운 일이 일어납니다. 그대가 이제까지 경험해보지 못했던 행복감이 찾아옵니다. 강물에 놓아준 물고기가 다시 찾아오듯 그대들의 마음속에 깨달음이 찾아옵니다. 강물에 던진 금덩어리가 그대들의 가슴 속에 들어와 아름다운 빛을 냅니다. 나를 낮추었더니 도리어 많은 사람들이 나를 사랑해주고 존경해줍니다.

이것이 부처님의 이치이고, 세상사의 이치입니다.
부처님의 법과 세상의 법은 결코 다르지 않습니다.
이 말을 그대들의 가슴 속에 깊이 새기시길 바랍니다.

이제 그대가 가야 할 길이 보이나요?
그 길을 향해 뚜벅뚜벅 걸어가시길 기원합니다.